솔직한 척
무례했던
너에게 안녕

솔직한 척 무례했던
너에게 안녕

솜숨쏨 짓고 그림

칠 건 치고
둘 건 두는
본격 관계 손절
에세이

웅진 지식하우스

앞에서는 빨대를 꽂겠다며 다가오고
뒤에서는 비수를 꽂으려고 쫓아오는 사람들로부터
나를 지키는 연습

시트콤 〈거침없이 하이킥〉 속 '호구마' 에피소드는,
10년도 더 지난 지금까지 회자되는 전설의 명장면이다.

온 가족이 모인 식사 자리에서 호박고구마를 '고구마
호박'이라 잘못 말한 나문희(시어머니 역)를 향해, 박해미
(며느리 역)가 "고구마호박이 아니라 호박고구마예요, 어
머님"이라고 정정한다. 평소 따박따박 자기 할 말만 하는
박해미에게 불만이 있던 나문희는 빈정이 상한다. 하지
만 박해미는 그칠 줄 모르고, 그 뒤에도 나문희가 말실수
할 때마다 번번이 "호박고구마라니깐요"라고 지적한다.
짜증이 난 나문희는 급기야 '호구마'라는 엉뚱한 단어를

말하고 만다. 박해미가 웃으며 고쳐주려고 하자 울화통이 터진 나문희는 소리를 지른다.

"호! 박! 고! 구! 마! 호박고구마! 호박고구마!!! 이제 됐냐?"

숟가락을 던지고는 얼굴을 두 손으로 가리고 우는 그를 보며 나머지 가족들이 짐짓 당황한다.

이 장면을 볼 때마다 매번 웃고 또 줄곧 생각했다. 시트콤 속 박해미 같은 사람이 되고 싶다고. 하고 싶은 말을 눈치 보지 않고 당당하게 하는 사람이 된다면 인생에 스트레스 같은 건 없겠다고. 하지만 현실의 나는 매일 밤 잠들기 전 '그때 이렇게 말했어야 했는데!'라며 이불을 차다가 결국 엉뚱한 데서 그동안 참아온 감정을 터뜨려 분위기를 어색하게 만들어버리는 나문희에 가깝다.

나문희가 난감한 얼굴로 '호구마'라며 실수처럼 내뱉은 말이 오랫동안 기억에 남은 건 호구처럼 마냥 착하지도 않고, 자기 주장을 확실히 하는 박해미 같은 사람도 아닌, 어정쩡한 사람들이 생각났기 때문이다. 어설프게 착한 주제에 어설프게 못되기까지 한 사람들에게 나는 '호구마'라는 이름을 붙여주고 싶다. 호박도 고구마도 아닌 정체불명의 호구마처럼 애매한 사람. 조금 더 솔직하자면 바로 나 같은 사람이다.

돌이켜보면 인간관계에서 늘 엉뚱한 노력들을 해왔다. 내 본모습은 숨긴 채 주변에 완벽하게 적응하고자 노력하고, 욕 먹고 싶지 않아서 착해 보이려 노력하고, 거부당하고 상처받을까 봐 스스로를 쿨한 사람으로 포장하려고 노력했다. 그렇게 노력하다 보니 진짜 나는 희미해지고 다른 사람의 마음에 들기 위해 애쓰는 나만 남았다. 버럭 화를 내고 뒤돌아서자마자 혹시 저 사람이 나를 미워하는 건 아닐까 걱정하는 나 자신이 싫었다. 사람에 대한 콩깍지가 조금씩 벗겨진 건, 삼십 대에 들어서고 나서다. 관계에 일희일비하고 여러 사람에게 사랑받으려고 노력하는 것이 얼마나 허황된 일인지 겨우겨우 깨닫기 시작한 것이다.

단순함이란 '더 중요한 것'을 위해 '덜 중요한 것'을 줄이는 것이라고도 한다. 나에게서 더 중요한 것과 덜 중요한 것을 구분해 잘라내는 일, 이건 어쩌면 편집의 영역일지도 모른다. 산책이나 일을 마친 뒤 마시는 맥주같이 중요한 것의 분량을 늘리고, 불필요한 야근이나 모임처럼 하찮은 건 과감하게 생략하는 작업이 인생에 좀 필요하지 않나. 마찬가지로 상대방의 자존심을 지나치게 깎아내리려 하고 상처를 주는 사람은 단호하게 거부하고, 내가 나다울 수 있도록 온전히 존중하는 사람에게는 최선을 다한다. 스트레스를 주는 인간관계를 힘겹게 끌어안고 갈 필요는 없다.

인간관계에서는 노력이 필요하다고들 말한다. 하지만 나만 상처받고 끝나는 노력보다는, 실제로 노련해지는 것이 더 중요하다. 노련함은 테크닉, 즉 기술의 문제이며 기술은 대개 연습량에 따라 달라진다. 아니다 싶은 관계는 확실하게 거절하고 감당할 만한 관계는 기꺼이 책임을 지는 연습. 그렇게 단련하다 보면 단단한 사람이 될 수 있지 않을까. 나는 더 중요한 것과 덜 중요한 것을 제대로 구분하는 멋진 어른, 아니 호구마가 되고 싶다.

어쨌거나 오늘도 맹연습이다.

호구아

차례

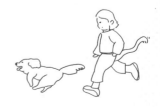

싫은 것은 하지 않습니다

delete

○

아흔아홉 번 잘해주고

한 번 못해줘서 욕을 먹는 사람,

그게 바로 나였다.

'알고 보면 좋은 사람'은
이제 됐어요

———— 솔직함이라는 포장으로 무례함을 일삼는 사람들이 있다. 그녀도 그랬다. 책상은 늘 깨끗하고 가방 속에는 필요한 것들이 제자리를 정확하게 차지하고 있었으며 칼 같은 일정 관리에 일 처리도 확실했다. 인간관계 또한 어찌나 깔끔한지 그녀의 군더더기 없는 일상이 부러웠다. 한 가지 단점이 있다면 지나치게 솔직하다는 점이었다. 상대가 상처를 받는 것엔 크게 개의치 않았다.

반면 나는 만사에 일희일비하는 인간. 책상이나 가방 속은 혼돈의 끝을 보여주며 일은 마감이 눈앞에 닥쳐야 겨우겨우 마무리했다. 인간관계도 깔끔하지 못했다. 여

러 사람들과 복닥거리며 지내다가 상처받아 울고 있을
때면 그녀가 하는 말이 있었다.

———

"사람은 아흔아홉 번 잘해주고 한 번 못해주잖아?
욕을 바가지로 먹어. 근데 아흔아홉 번 못해주다
가 한 번 잘해주면 엄청 감동받아서 그다음부턴
나를 대하는 눈빛부터 달라진다니까."

———

그랬다. 일희일비하면서 아흔아홉 번 잘해주고 한 번
못해줘서 욕을 먹는 사람, 그게 바로 나였다. 아흔아홉 번
이나 상처를 받고도 한 번의 호의에 감동해 그녀와의 관
계를 십여 년 동안 유지해온 사람이기도 했다. 인간관계
를 전략적으로 '관리'하는 그녀가 나에 관해 솔직한 말을
하는 날에는 속이 상해 며칠 동안 우울해했다. 그럴 때마
다 내 친구들이 대신 화를 내줬는데 나는 이렇게 말해서
또 한 번 친구들의 속을 터지게 만들었다.

———

"알고 보면 좋은 애야. 겉으로는 까칠해 보여도 의
외로 여리고 속도 깊은 걸."

———

◇◇◇◇◇◇◇◇

지난 십여 년간 내가 '알고 보면 좋은 사람들'과 인연
을 맺어온 방식이다.

알고 보면 착한 사람, 알고 보면 따뜻한 사람, 알고 보
면 여린 사람 등 그동안 내가 관계를 이어온 '알고 보면
좋은 사람'들을 떠올려 보니 그들은 대체로 타인을 대하
는 태도가 무례하고 조심성이 없었다. 다른 사람의 기분
따위는 안중에도 없고 오로지 자기 자신이 우선인 사람
들이었다.

최근 들어 나는 그런 유의 사람들을 정리하기 시작했
다. 타고나기를 수줍음 잘 타고 내성적이라 남에게 싫은

소리를 하지 못하는 데다가 욕먹기도 싫어해 모든 사람에게 잘하려고 쓸데없이 노력하는 편이지만, 뭐랄까, 나는 이제서야 겨우 내가 소중해졌기 때문이다.

'알고 보면 좋은 사람'인 걸 '알아내기' 위해 애를 쓰는 데 쏟아부을 체력도, 시간도 이젠 없다. 무엇보다 알고 보면 좋은 사람이 좋은 사람일 리도 없다. 나를 좋아하지 않는 사람에게 애정을 갈구하는 일 따위 더는 하고 싶지 않기도 하고. 모두에게 사랑받으려고 안간힘을 쓰던 과거의 나를 떠올리면 낯부끄러움에 몸서리가 쳐진다.

나를 나답게 만드는 관계에 집중하고 싶다. 내가 좋아하는 사람을 더 실컷 좋아할 수 있도록 그 밖의 관계는 정리하는 게 인간관계에서 스트레스를 더는 지름길이리라.

———

싫은 사람은 싫어하기.
좋아하는 사람은 좋아하기.

좋은 사람은 언제나 좋습니다.

친절을 베풀 땐 돌려받을 일을 생각하지 않기.

———

내가 정한 간단하고도 소심한 규칙이다.

아흔아홉 번째 솔직한 척 무례했던 그녀에게는 이별을 고할 생각이다. 어쩌면 그녀는 지금쯤 '다음번에는 한 번 잘해줘야지'라고 생각하고 있을지도 모르겠다. 하지만 '알고 보면 좋은 사람'은, 이제 더는 필요 없다.

아아, 내일도 나는 변함없이 일희일비하며 아흔아홉 번 잘해주고 있을 테지. 하지만 기꺼이 그렇게 하리라. 한 번 실수하더라도 아흔아홉 번 잘해주는, 그런 다정한 사람이 나는 좋으니까.

호구력
만렙

─── 체력, 근력, 지구력, 집중력, 순발력을 비롯하여 내가 가진 힘 가운데 가장 자신 있는 능력은 바로 호구력이다. 세상에 많고 많은 재능 중에 하필이면 호구력이라니. 호구의 끝은 어디일까.

어제는 미용실에 갔다.

"머리를 기르고 싶은데요. 이런 펌을 하려고요."

인터넷에서 찾은 예쁜 사람들의 사진을 미용사에게 열심히 보여줬다. 원하는 머리 모양이 무엇인지 한참을 설명하고 나니 미용사가 내 어깨 위로 가운을 살짝 덮어주면서 입을 뗐다.

"손님은 곱슬이라서 위쪽은 이렇게 하고 아래쪽은 저렇게 하면 풍성한 웨이브가 유지될 거예요."

뭔지 잘 모르겠지만 어떤 식으로든 절대 애매한 사람처럼 보이지는 않겠다는 확신이 들었다. 딱 내가 원하는 처방이다.

"자세히 살펴보니 머릿결이 많이 상했네요. 영양을 해야 펌도 오래가요."

내 머리를 살살 빗으며 걱정스런 표정을 짓는 그의 모습이 거울에 비쳤다. 때마침 오늘부터 사흘간 역대급 할인 기간이라는 말이 나를 한껏 부추겼다. 알겠다고 대답하며 얼마인지 넌지시 물었다. 앞으로 다시없을 절호의 할인 찬스를 써서 34만 원이라고 했다.

소리 없는 비명을 질렀다. 나의 흔들리는 눈빛을 읽었는지 "한번 해보고 나면 단번에 아실 거예요. 펌도 오래갈걸요?"라며 그는 힘주어 말했다. 그래, 비싼 만큼 좀 다를 거야. 동네 작은 미용실 애호가였던 나는 커피와 각종 빵

을 간식으로 가져다주는 이 미용실의 서비스가 부담스러
웠다. 호구 잡힌 것 같다는 불안한 생각은 머릿속을 떠나
지 않았다. 영양도 펌도 다 끝나갈 때쯤 그가 말했다.

———

　"그런데 염색은 안 하세요?"

———

　머리를 하고 휘적휘적 미용실을 나오자마자 후회가 밀
려들었다. 거울 속에 나이 들어 보이는 저 여자는 누구인
가. 찰랑이는 머릿결은 딱 일주일 뒤 원상태로 돌아왔다.

　할 수만 있다면 최대한 피하고 싶은 장소들이 있다.
정가가 제대로 표시되어 있지 않아 "얼마예요?"라고 먼
저 물어봐야 하는 곳들. 이를테면 전통 시장, 핸드폰 매
장, 옷 가게, 미용실 같은 곳들. 뭐랄까, 그런 곳에서는 불
공평해지는 기분이다. 같은 데서 같은 물건을 내가 더 비
싸게 주고 샀다는 걸 나중에 알게 되었을 때…… 그럴 땐

기분이 매우 복잡해진다. 내가 그렇게 만만해 보이나? 호구의 역사는 조금 더 옛날로 거슬러 올라간다.

◇◇◇◇◇◇◇◇

엄마가 잔뜩 설레는 표정으로 작은 강아지를 소중히 품에 안고 현관문을 열고 들어서던 날이 아직도 선명하게 기억난다. 지금이야 보신탕이라고 하면 소스라치게 놀라며 경악을 금치 못하는 네 가족이지만 십여 년 전까지만 해도 한여름에는 몸보신해야 한다며 모란시장에서 개고기를 사 와 함께 먹었다. 한의원에 가서 보약을 지어 올 형편은 못 되고 체력은 자꾸 떨어지니 우리 집에서 보신탕은 삼계탕과 함께 여름 더위에 대비하는 보양식이었던 것이다. 그날도 엄마는 보신탕용 개고기를 사기 위해 모란시장에 갔다. 그런데 웬걸, 그날따라 상자 속에서 꼬물거리는 강아지가 눈에 걸리더란다.

━━

"너무 귀엽지 않니? 게다가 어쩌나 총명한지 벌써부터 내 말을 알아듣더라니까. 그리고 아저씨가 그러는데 얘가 치와와래!"

━━

　귀와 주둥이가 뾰족하고 황갈색의 깡마른 강아지. 초등학생이던 내 눈에도 치와와는 아닌 듯했는데 엄마는 핏대를 세우며 한사코 치와와라고 우겼다. 누가 봐도 똥갠데?

　어느 더운 여름날 보신탕용 개고기 대신 우리 집을 찾은 치와와는 무럭무럭 자라 덩치 좋은 똥개가 되었다. 개랑 같이 산책할 때면 몇몇 사람들이 "아유, 귀여워라. 종이 뭐예요?"라고 묻는다. 나도, 엄마도, 아빠도, 동생도 한 치의 망설임 없이 대답한다.

"치와와예요."

◇◇◇◇◇◇◇◇

아니 그러니까 나의 호구력은 집안 내력일지도 모른다는 합리적 의심을 치와와 사건으로 충분히 증명할 수 있지 않을까. 피는 물보다 강하고, 우리 집 똥개는 평생 자기가 치와와인 줄 알고 늘 자신감이 넘치고, 나는 동네에서 제일가는 호구다.

아주 솔직히 말하자면 같은 물건을 사면서 남들보다 몇 푼 더 내는 일은 그렇게 억울하지 않다. 바보 같아 보일지 모르겠지만 나는 값을 조금 더 치를지언정 물건에 정가를 표시해놓은 곳에 간다. 아무리 싸게 살 수 있는 상점이 있다 할지라도 말이다. 상점이든 회사든 견딜 수 없는 지점은 "깎아주세요"라고 말할 줄 아는 사람인지 아닌지, 싹싹한 사람인지 아닌지에 따라 각각 다른 값이 매겨질 때다. 이건 공정성의 문제 아닐까? 성향에 따라 차별당하는 일은 없었으면 좋겠다. 어떠한 관계든 상대의 좋은 점과 부족한 점을 있는 그대로 받아들이고 서로를 대등한 위치에 놓는 것, 그런 공정함이 존중되는 곳에는 아끼지 않고 돈을 쓰고 싶다. 어떻게든 손해 보지 않기 위해 머리를 굴리고 억지로 싹싹한 척하며 붙임성 있게 구는 건 나랑 영 맞지 않기도 하고.

부르는 게 값인 곳은 인생에서 걸러낸다. 그게 물건을 사고파는 곳이든 마음을 주고받는 곳이든지 간에. 이것이 바로 호구력 만렙의 경지!

일 못하는 사람이라는
낙인

──────── 매일 아침 다짐한다. 남을 험담하는 데 시간과
감정을 낭비하지 말자. 어떤 대화는 한참을 웃고 떠들고
난 뒤에도 이상하게 마음이 더부룩해지고 나를 잃은 듯
한 기분이 든다. 그런 날에는 집으로 돌아가는 길에 후회
가 밀려온다. 굳이 하지 않았어도 될 말을 뱉었다는 죄책
감, 왠지 모를 미안함, 그랬다더라 저랬다더라 하는 출처
없는 남 이야기를 전하려던 건 아니었는데 생각하면 후
회하는 마음이 눈덩이처럼 데굴데굴 굴러 거대해진 채
가슴에 얹힌다.

　　회사 생활은 참 우습다. 성공적으로 끝난 업무에 대해

서는 일언반구도 없으면서 누군가 실수한 일은 하루에도 몇 번씩 쉴 새 없이 사람들 입에 오르내린다. 칭찬받을 일은 한 달이 지나도 모르는 경우가 허다한 반면 욕먹을 만한 일은 반나절이 채 지나기도 전에 만천하에 알려진다. 메일에서 오타 하나라도 발견되면 메신저에 단체방에 올라온 새로운 메시지를 알리는 노란 불이 바쁘게 깜빡인다. 캡처한 이미지를 주고받고 몇 달 전 잘못까지 들추며 한껏 빈정거리는 말이 오간다.

가장 싸게 스트레스를 푸는 방법은 매운 음식을 먹는 것이고, 가장 쉽게 스트레스를 푸는 방법은 다른 사람을 욕하는 것이 아닐까. 어떤 집단은 특정인을 헐뜯으면서 견고해지기도 한다. 공동의 목표를 세우고 협업하는 것보다 외부에 적을 하나 만들어놓는 것이 서로 똘똘 뭉치게 만드는 데 더 효과적이라는 건 누구나 아는 암묵적인 룰인 듯하다.

한때는 나 또한 아홉 시에 출근해서 점심시간이 오기만을 애타게 기다린 시절이 있었다. 함께 식사하는 테이

─── 너에게 안녕

블에서 누가 질세라 "그 얘기 들었어?", "아까 봤어?"라고 운을 떼우며 '뒷담화'를 하느라 소란스러웠다. 나는 이런저런 스트레스를 풀 곳이 필요했던 걸까.

한 경력 사원이 입사 후 참석한 첫 회식 자리에서 진상을 부려 소문이 자자하게 났다. 평소에도 자기보다 어린 직원은 하대하고, 상사한테는 간도 빼줄 듯 의전을 하도 열심히 해서 동료들 사이에서 비호감으로 낙인 찍혀 있었는데, 그날 그 자리에서 하필 취기가 올라 꼰대 짓을 한 것이다. 다음 날부터 그의 행동 하나하나가 조롱거리가 되기 시작했다. 무슨 일을 하든지 간에 사람이 멍청하다, 무식하다, 말귀를 못 알아먹는다 등 그를 둘러싼 평판은 오해든 아니든 상관없이 퍼져나갔다. 점심을 먹을 때마다, 메신저 대화창마다 그를 험담하는 이야기가 끝없이 이어졌다. 혐오가 혐오를 양산했다.

좀 무서워졌다. 했던 욕을 되풀이하는 자리에 같이하기가 괴로웠다. 가만히 살펴보니 욕하는 사람은 늘 정해

져 있었다. 욕먹는 사람과 욕하는 사람의 대결. 누구 하나가 퇴사해야만 악순환이 끝날까? 아마도 누군가를 욕하는 사람은 상대가 없어지면 그 뒤를 이을 사람을 또 찾아내지 않을까.

가뜩이나 꼬투리 잡는 건 쉽고 칭찬하기는 어려운 회사 생활에서 험담이라는 일에 나를 소진시키지 않는 방법은 맞장구치지 않는 것이다. 험담에 동의하지 않을 것. 동요하지 않을 것. 동참하지 않을 것. 어떤 대화에서는 대답하지 않을 것.

묵묵부답이 큰 힘을 발휘할 때가 있다. 험담으로 누군가를 깎아내리는 짓 대신, 혼자서도 스트레스를 잘 풀 수 있어야 한다. 화내고, 불만을 소리 내어 말하는 에너지는 뒷담화가 아닌 곳에 쓰였으면 좋겠다.

울 자리마저
없어서

──── 후배가 울었다. 회의를 하다 말고 갑자기 눈물을 뚝뚝 흘렸다. 당황했지만 회의실 문을 살짝 열고 나가 찬물 한 컵과 두루마리 휴지를 조용히 챙겼다. "어머, 왜 울어요? 무슨 일이에요?"라며 오히려 당사자보다 더 큰 소리를 내서 이목을 끄는 주변 사람들을 지겹도록 봐왔다. 남의 눈물에 호들갑을 떠는 사람들이 싫다. 나는 회사에서 자주 우는 신입이었고, 눈을 동그랗게 뜨고 이쪽을 흘깃거리며 무슨 일인지 궁금해하는 몇몇 시선이 부담스러워 화장실로 도망치기도 여러 번이었다. 어떤 상황에서는 애써 모른 척해주는 마음들이 훨씬 더 고맙다.

　　　　　　　　　　　　　　──── 너에게 안녕

위로만큼 어려운 일은 없다고 생각하는 나는 어찌할 바를 몰라 아무 말이나 줄줄이 읊어댔다. 마치 라디오를 틀어놓은 듯 "저는 화가 날 때 눈물이 나는데 회사에서 화가 그렇게 나더라고요. 그래서 맨날 울잖아요. 울고 나면 얼마나 창피한지 모르겠어요. 사람들이 저를 약한 여자라고, 약한 척하는 여자라고 생각할까 봐 걱정도 되고요" 따위의 이야기를 싱겁게 늘어놓았다. 나보다 여섯 살이나 어린 그가 내 앞에서 서럽게 우는 모습을 보고 있자니 안쓰러움이 몰려왔다.

한동안 휴지로 눈물을 훔치던 후배가 찬물을 한 모금 마시더니 멋쩍게 웃으며 먼저 입을 열었다.

"갑자기 울어서 놀라셨죠. 죄송해요."

나는 눈을 크게 뜨고 손사래를 쳤지만 후배는 거듭 사과했다. 우는 게 죄송할 일은 아니니까 괜찮다고, 지금 네가 걱정해야 할 건 잔뜩 부은 눈으로 회의실 문을 열고 나가는 일뿐이라는 말만 반복했다.

"나랑 일하면 꼭 한 번씩 울더라. 내가 나쁜 사람도 아 닌데"라며 너털웃음을 웃는 직장 상사와 같이 일했던 적 이 있다. '재미있니, 이 새끼야?'라고 속으로 중얼대고 있 으면 옆에 있던 다른 직원이 "우리 회사 연례행사 같은 거잖아요. 한 번씩 울려줘야 그게 또 사회생활의 백미 아 니겠습니까"라고 거들었다. 같잖은 이유로 고자세를 취 하며 신입을 끝끝내 울리고 나서야 만족하는 유형은 회 사 말고 학교에도 있었다. 대학교 1학년 때 한 선배한테 걸려서 된통 운 적이 있는데, 해마다 신입생을 한 명씩 콕 집어 한번 울려보겠다며 온갖 심술과 악담을 준비한다는 이야기를 나중에 전해 들었다. 화가 치밀었다. 일면식도 없는 사람한테 상처받는 나 자신이 싫어서 부들부들 떨 었다.

◇◇◇◇◇◇◇◇

자기 자신을 있는 힘껏 착취하는 사람이 드물지 않다. 허리 디스크나 목 디스크, 공황장애나 우울증, 번아웃으로 종내에는 자기 삶에서 나자빠지는 사람들. 개인의 노력이 삶의 질과 생활수준을 결정한다고 말하며 실패에 대한 책임을 개인에게 지우려는 사회가 잘못되었음에도 우리는 여전히 '내가 더 열심히 했어야 하는데'라고 생각하며 자신에게 비난의 화살을 돌린다. 상처 준 사람 말고 상처받은 사람을 탓한다.

"그런 말에 일일이 상처받다 보면 너만 감정 낭비하는 거야. 결국 손해 보는 사람은 너라고." 상처 준 사람은 사라지고 상처받은 사람만 남는다. 피해자다움이라는 이상한 표현도 있지 않나.

나에게만 엄격한 잣대를 들이댈 게 아니라 가끔은 당당하게 남 탓도 하면 좋겠다. 그동안 자기 검열하느라 수고한 나에게 조금은 관대한 사람이 되어보는 건 어떨지. 그렇게라도, 상처받는 일이 덜해졌으면 한다.

울음을 그친 후배랑 두 시간 넘게 대화를 나눴다. 이제 곧 3년 차가 되는데 미래의 제 모습이 상상이 되지 않

는다고 했다. 이 일을 계속해도 될지 고민이고, 무슨 일을
하든지 간에 재미가 없어서 예전에 뭘 좋아했는지 떠올
려 보려고 노력하는데 기억이 잘 나지 않는다고도 했다.
내가 3년 차에 했던 고민과 똑같았다. 모든 게 막막하기
만 한데 조언을 구할 만한 선배가 없어서 점점 나락으로
떨어지는 듯한 기분이 들었던 그때를 지금 내 앞에 있는
후배가 통과하고 있었다. 번아웃인지 단순히 불안한 건
지 아니면 우울증인지 헷갈리고, 나도 나를 잘 모르겠고,
퇴사가 답이다 싶다가도 퇴사 후의 생활에 자신이 없어
서 멈춰 섰다가 점점 아래로 가라앉고 있다고 느낄 땐 이
미 늦었을 때다. 그런 시기를 나는 혼자 견뎌냈지만 후배
는 혼자가 아니다. 나는 내가 할 수 있는 조언이란 조언은
다 해주었다. 이제 선택은 그녀가 할 몫이다.

◇◇◇◇◇◇◇◇◇

　최근 방송국 예능 프로그램에 막내 작가로 들어가서
고생이라는 고생은 다 하고 있는 학교 후배를 만났다. 그

날도 피디한테 잔뜩 혼이 난 뒤 눈물이 차올라 화장실로 도망갔는데 칸칸이 우는 신입들로 가득 차 자기가 울 자리는 없었다는 말을 들었다.

울 자리마저 없어서 서럽다. 설 곳도 없고 울 곳도 없는 동료들에게 '청춘'이란 말로 대충 둘러대고 싶지 않다. 그저 덜 울고, 덜 상처받고, 스스로를 덜 소비하며 살기 바랄 뿐.

"좋은 게 좋은 거지"는
너나 좋은 거지

─────── 갈등이 발생하는 순간은 아무리 반복되어도 익숙해지지 않는다. 예상치 못한 상황이 펼쳐질 때면 어김없이 당황하며 우왕좌왕하기 일쑤인 나는 갈등에 무척 취약하여, 불화가 생기면 목소리가 떨리고 눈물부터 난다. 가족이나 친구와 싸울 때 울면서 화를 내는 건 그나마 낫지, 이게 회사에서라면 퍽 난감하다. 상사에게 불합리한 처우에 대해 따졌던 회의실에서, 다른 팀 동료와 협업하던 과정에서, 내 자리의 전화기를 붙들고 상대방에게 목소리를 높이다가 나는 화를 내며 자주 울었다.

∞∞∞∞∞∞∞∞

지독한 더위로 전국이 녹아내리던 해 여름, 나는 새로이 맡게 된 업무로 한창 고역을 치르고 있었다. 사진가 섭외와 의상 협찬은 물론, 모델의 헤어나 메이크업뿐만 아니라 필요한 소품 확보, 촬영 장소 섭외, 일정 조율 등 신경 써야 할 일들이 산더미였다. 이 모든 것이 처음이었다. 조언을 구할 사수도 없어서 하루에도 몇 번씩 "어떡하지, 어떡하지" 혼잣말처럼 중얼거리며 발을 동동 굴렀다. 무엇보다 나를 괴롭힌 것은 회사의 제작비 절감 압박이었다. "조금만 더 깎아주실 순 없나요?"라는 질문은 나의 단골 멘트였다. 그냥 다 포기하고 도망치고 싶다는 마음과 어떻게든 해내고야 말겠다는 마음이 왔다 갔다 하는 사이에 마감이 코앞에 성큼 다가왔다.

　　하지만 일이 터지고야 말았다. 정해둔 기한보다 2주나 작업이 늦어진 탓이었다. 회사에서는 일정을 맞추지 못했으니 어쩔 수 없다며 내년을 기약하자고 했다. 사진가, 저자, 디자이너가 시간에 쫓기며 최선을 다했음에도 불구하고 기획이 물거품으로 돌아가게 된 것이다. 결과물을 기다리던 관계자들에게 어떤 식으로 말해야 좋을지 고민하던 나를 붙잡고 상사가 한 시간 넘도록 같은 말을 몇 번이고 되풀이했다. 그동안의 노력과 고생은 잘 알고 있으나 회사는 매출을 최우선으로 고려해야 한다는 말은 충분히 이해했다. 하지만 그가 마지막으로 던진 한마디가 나의 분노 스위치를 켰다.

———

"어쨌든, 좋은 게 좋은 거 아니겠어?"

———

여럿의 관계자가 개입된 상황에서 문제가 생겼을 때 한 개인의 노력과 정당한 주장을 무마하는 말, 좋은 게 좋은 거지. 화를 내면 꼭 곁에 있던 누군가가 위로한답시고 무심하게 내뱉던 말. 좋은 게 좋은 거니까 이번에는 그냥 넘어가는 게 어때?

◇◇◇◇◇◇◇◇◇

——— 너에게 안녕

'좋은 게 좋은 거지'라는 말을 자주 곱씹어 본다. 당신 하나만 참으면 모든 것이 순조로우리라는 뜻을 상대방에게 은밀하게 비치는 그 말을 들을 때마다 약육강식의 먹잇감이 된 기분이 든다. 좋은 게 좋은 것이라는 이야기는 약자들의 세계에서나 존재하는 법칙 같았다.

"앞으로는 손님이 오면 막내가 커피를 타는 게 좋겠지?"

팀장이 뜬금없이 회사 메신저로 말을 걸어왔다. "막내가 두 명인데 그럼 격주로 맡아서 하면 되겠네요?"라고 하니 당혹스러운 답변이 이어졌다. "한 놈은 남자잖아. 커피는 여자가 타야지. 아, 오해할까 싶어서 하는 말인데 남자가 커피 타서 오잖아? 사람들이 깜짝 놀라고 부담스러워해. 좋은 게 좋은 거라고, 여자애가 커피 전담하는 걸로 하자." 막내라는 이유로 잔심부름을 해야 한다는 것도 맘에 안 드는데 좋은 게 좋은 거라며 남녀를 가르는 수준까지. 다시 한번 분노 스위치에 번쩍, 불이 들어왔다.

연차가 쌓이면 울면서 화를 내는 쓸모없는 버릇 같은

건 자연스레 사라질 줄 알았는데 웬걸, 여전히 눈물을 뚝 뚝 흘리며 화를 낸다. 대등한 관계에서도 울기 시작하면 먼저 숙이고 들어가는 기분이 드는데 하물며 팀장에게 부당함을 지적하고 개선책을 요구하는 자리에서까지 울 수는 없었다. 메신저는 안 되겠다 싶어 얼굴을 마주하고 내 의견을 이야기했다.

사회 초년생 시절의 나는 너무도 만만해서, 좋은 게 좋은 거란 후려치기에 어물어물 넘어갔지만 이제는 못 들은 척 못 본 척 넘어가지 않기로 했다. 대물림은 끝이 없다. 짬밥의 힘은 이런 데 있다. 좋은 게 좋은 거라고 말 하지만, 너한테나 좋은 거지. 좋게 좋게 넘어가면 언젠간 반드시 어떤 식으로든 탈이 난다. 결국 막내는 커피를 타 지 않게 되었다. 자신을 찾아온 손님에게 드릴 커피는 자 신이 직접 탄다. 회사에 새로 생긴 규칙이다. 좋게 좋게 넘어가지 않았더니 좋은 시스템이 만들어진 셈이다.

첫 단추보다
중요한 것

──── 대학을 졸업할 무렵, 나는 아무 생각이 없었다. 주위에서 토익이나 토플 점수, 각종 자격증을 따느라 바쁠 때도 '나 하나쯤 필요로 하는 회사 한 군데는 있겠지'라는 알 수 없는 자신감으로 가득 차 있었다. 과거로 돌아갈 수 있는 타임머신이 있다면 그때의 나를 붙잡고 앉아 애원하고 싶다.

────

"다른 건 몰라도 영어 공부는 꼭 해. 그리고 출판사만큼은 제발 들어가지 마."

────

──── 너에게 안녕

졸업식을 마친 후 12개월 할부로 산 노트북으로 기업 정보를 꼼꼼히 살피고 이것저것 따져가며 여러 회사에 이력서를 넣었다. 8개월이 흘렀다. 이 넓은 세상에 나를 원하는 곳이 단 한 군데도 없다고? 자신감은 사라진 지 오래였다. 불안과 걱정으로 살이 쪽쪽 빠졌다. 용돈 벌이로 하고 있던 과외도 하루아침에 죄다 끊겼다. 기쁜 일은 나란히 오지 않는데 왜 나쁜 일은 한 번에 몰아닥치는 걸까. 과외마저 없으니 외출할 일도 생기지 않아, 그야말로 두문불출의 나날이었다. 친구들과 연락도 끊었다. 내 신세가 초라하게 느껴졌다. 무슨 일 생긴 건 아닌지 너무 걱정된다면서 집 근처까지 찾아와 칩거하던 나를 억지로 밖으로 끌어냈던 몇몇 친구들은 당시를 회상하며 지금도 가끔 얘기를 꺼낸다. "그때 진짜 꼴이 말이 아니었지. 무슨 좀비 같았다니까."

영원히 취직도 못 한 채 목에 사원증을 건 회사원들을 질투하며 구천을 떠돌 것 같았던 구직 좀비에게도 기회가 왔다. 에라 모르겠다 하고 아무 데나 이력서를 뿌린 덕분일까. 두 군데서 연락이 왔는데 한 곳은 광고 회사, 한 곳은 출판사였다. 심심풀이로 본 인터넷 별자리 운세에서 서쪽으로 가면 좋은 일이 생긴다고 했으니 이건 필시 운명이었다. 두 회사 모두 우리 집에서 서쪽인 홍대에 있었던 것이다. 지푸라기라도 잡고 싶을 정도로 몹시 간절했던 나는 작은 것 하나하나에 의미를 부여했다. 그리고 마침내 출판사에 취직하게 되었다.

출판사 사무실은 컨테이너 박스를 덧붙인 듯한 가건물 2층에 있었다. 지하철역에서 나와 키가 낮은 빌라들이 다닥다닥 붙어 있는 골목을 여러 번 꺾어 들어가야 겨우 도착할 수 있는 곳이었다. 명판도 없었다. 면접 보러 갔다가 건물 몰골에 깜짝 놀랐지만 '곧 무너질 것 같으면 어때. 나를 뽑아주기만 한다면 아침저녁으로 서쪽을 향해 절이라도 할 거야'라고 중얼거리며 초인종을 눌렀다. 취준생은 절실하다. 햇빛 한 줄기도 비치지 않는 외진 골목은 빙판이 한번 생기면 도무지 녹을 생각을 하지 않았다. 겨울에는 출퇴근길마다 직원들이 한 명씩 꼭 비명을 지르며 넘어졌다. 한번은 어찌 된 일인지 까치가 사무실 안으로 침입해 일하던 사람들 머리 위로 푸드덕거리며 날아다녔다. 까치의 방황하던 눈빛과 "뭐 하고 있어? 빨리 쫓아내!"라고 다급하게 외치던 사장님(조류 공포증 있음)의 사색이 된 얼굴, 빗자루를 높이 쳐들고 휘이휘이 하며 출입구까지 까치 몰이를 하던 대리님, 잊을 수 없는 명장면이다.

입사한 지 얼마 지나지 않아 처음으로 교정을 보라는 지시와 함께 원고 하나를 받았다. 설레는 마음으로 파일을 열었다. '내 인생에 아주 특별한 그녀가 나타났다 -_-;; 까칠한 그녀! 〉_〈'라는 문장이 눈에 들어왔다. 첫 문장을 읽자마자 눈시울이 화끈해지면서 눈물이 핑 돌았다. 인터넷 소설 키드였지만 훗날 국문학을 전공하면서 문학 허세가 낀 내게 약간은 당황스러운 내용이었다. 수습 기간 3개월 동안 나는 첫 사회생활을 시작했다는 기쁨과 조금도 예상치 못한 원고를 교정해야 하는 불행 사이를 왔다 갔다 했다. 월급날에는 통장에 백만 원 조금 넘는 금

액이 찍혔다. 혼란스러웠다. 키보드 위의 백스페이스키를 누르고 또 눌러 나의 이십 대를 다시 시작하고 싶었다.

첫 회사에 힘겹게 들어갔는데 망했다 싶을 때, 이런 곳에 오래 있어봤자 도움이 1도 안 될 것 같을 때, 내가 꿈꾸던 직장 생활은 이런 게 아니었다는 생각이 들 때가 있다. 대충 이 정도로 마무리하면 되겠지 하는 마음가짐으로 일을 대하기 딱 좋은 순간이다. 하지만 결국 좋은 기회가 오는 건, 어떤 일이든 정성껏 임했을 때였다. 어차피 신입에게는 재밌고 중요한 일이 주어지지 않는다. 그러나 하등 쓸모없는 일을 하고 있다 할지라도 '언제 어떤 상황이 닥쳐도 능숙하게 반복되는 일을 빠르게 처리할 수 있는 나만의 업무 시스템' 혹은 '중요하지 않아 보여서 남들은 대충 넘어갔지만 신경 써서 하니 예상외로 좋은 결과물이 나온 일'처럼 한 끗 차이가 다른 상황을 만들고 좀 더 나은 나를 만든다. 앞뒤로 꽉 막혀서 후진은 꿈도 못 꿀 듯한 비포장 1차선 도로로 뒤뚱뒤뚱 가다 보면 어느 순간 깔끔하게 다져진 왕복 2차선 도로가 눈앞에

　　　　　　　　　　　　—— 너에게 안녕

펼쳐지기도 한다. 아무리 거지 같은 회사, 답답한 팀장 밑에 있다 해도 끈질기게 물고 늘어져서 마침내 성과를 냈을 때 느끼는 충만한 기쁨은 성실한 사람만이 얻을 수 있는 덤이다.

가장 중요한 것은 사회생활의 첫 단추를 잘못 끼웠다 해서 자신의 가치를 스스로 낮추거나 자존감을 깎아내리지 않는 것. 더 노력하지 않은 과거의 나를 탓하지 않고, 잘못된 결정을 내렸다며 현재의 나를 원망하지 않는다. 지금의 나는 언제나 최선의 선택을 한 결과다.

물론 진짜 아니다 싶으면 빠르게 결정해야 한다. 하지만 이 길로 가겠다고 한번 마음먹었다면, 인생, 노빠꾸No back다.

뒤처지는 꼰대는
거릅니다

─────── 대학생 시절, 매년 3월이면 한 달간 학교 건물
여기저기에 학회를 홍보하는 벽보가 화려하게 붙었다.
선배들은 지나가는 신입생을 붙들고 대뜸 "안녕! 너 학
회 들어갔니?"라고 물으며 신규 모집에 혈안이 되곤 했
다. 나는 그중에서 시를 쓰는 학회에 가입해 꽤 열심히 활
동했다. 한 학번 위였던 학회장이 잘생겼었기 때문이다.
비록 가입 동기는 불순했으나 시간이 지날수록 시의 매
력에 빠져들었다. 한자리에 모여 각자 자작시를 발표한
뒤 비평(이라는 명목하에 실컷 욕을 했다)하거나 시집 한 권
을 다 같이 읽고 분석했다. 열띤 토론이 펼쳐지는 가운데
일부 선배들이 강의실 안에서 담배를 뻑뻑 피워댔다. 정

색을 하고 "나가서 피우세요"라고 아무리 말해도 배시시 웃으며 담배 연기를 후- 뿜었다. 명백한 무시. 고작 한두 살 많은 주제에 선배 행세를 한답시고 후배들의 요구를 듣는 둥 마는 둥 하는 꼴에 화가 치밀어 올랐다. 2층 창문에 걸터앉아 어둑해진 하늘을 응시하며 담배를 피우는 동시에 노래를 불렀다. 이런 걸 보통 꼴불견이라고 하지. 남들 앞에서 자유로운 척 폼을 잡는 모양새가 누구보다 자유롭지 못해 보였다.

일 년 뒤 우리는 2학년이 되었고 신입생을 모집하면서 '강의실 내 금연'이라는 규칙을 만들었다. 그래도 담배를 꺼내 드는 선배가 있으면 과감하게 강의실 밖으로 내쫓았다. 그러는 우리 학번은 종종 기가 세다, 무서워서 말도 못 꺼내겠다는 이죽거림의 대상이 되었다.

톤 폴리싱tone policing이라는 단어가 있다. 차별이나 불공정한 처우를 지적하는 논쟁의 자리에서 상대가 이야기하는 메시지보다 톤, 즉 어조와 말투를 비판하는 상황을 의미한다. 정색할 필요까진 없지 않느냐, 꼭 그렇게 목에 핏대를 세워가며 말해야 하냐면서 어김없이 이어지는 말. "좋게 말하면 될 걸 가지고 왜 상황을 어렵게 만들어?"

하지만 너무 잘 안다. 좋은 말로 에둘러 표현하면 시간도 오래 걸리고 힘도 두 배로 든다. 돌려 말하면 상대방이 못 알아듣는다. 변화가 일어나기는커녕 시간과 에너지를 낭비한 꼴이다. 특권 사다리에서 가장 높은 곳에 서 있는 사람은 좋은 말을 들을 권리뿐만 아니라 불편하고 부당하다고 내는 소리를 들어야 할 의무도 있다. 자기 입맛에 따라 귀를 열었다 닫았다 하는 사람은 끌어내려질 일만 남았다. 언제까지고 특권을 갖고 있으리라는 착각은 설마 하지 않겠지?

하지만 대학을 졸업하고 나면 사회의 더한 민낯을 필연적으로 마주하게 된다. 우리 팀의 리얼 꼰대. 물론 학교 다닐 때도 웹툰 〈치즈인더트랩〉의 김상철처럼 답 없는 복학생 선배들이 있었다. 그때는 피하면 그만이었지, 회사에서 만나는 (피할 수 없는) 수많은 김상철들은 대체 어떻게 해야 할까. 그간의 경력과 경험으로 찍어 누르려는

태도, 상하 관계를 강요하는 위압적인 표정과 말투 등에
지레 겁을 먹고 한발 뒤로 물러서기도 했다. 하지만 굳이
갈등을 만들 필요가 있냐고 치부하며 피할수록 이상하게
도 목소리만 큰 김상철들이 점점 더 증식하는 듯하다는
기분이 들었다.

뒤처지는 사람은 거른다. 트렌드에서뿐만 아니라 인
권 감수성이 모자라고, 성차별적인 언사를 일삼으며, 너
네는 뭘 모른다면서 어린 친구들을 후려치는 꼰대들에게
사근사근하게 듣기 좋은 말을 할 생각은 전혀 없다.

◇◇◇◇◇◇◇◇

영화 〈겨울왕국 2〉를 보는 내내 엘사와 안나라는 두
인물로부터 '리더'의 역량이라는 게 자꾸 눈에 밟혔다.
둘 중 어떤 성향의 리더가 좋을까. 먼저 첫 번째, 엘사. 모
든 일은 자기가 떠안아야 직성이 풀리는 편. 큰 결정을 내
릴 때 독단적. 주변 이야기보다는 자기 내면의 소리에 집

중함. 하지만 능력이 압도적이다. 두 번째, 안나. 능력은 부족하지만 주변 사람을 응원하고 지지함. 상대방이 불안해하거나 고민이 있을 때 그것을 잘 캐치하고 먼저 다가감. 적재적소에 아주 적확한 말을 해준다. 사실 내 마음은 안나의 대사 하나에 이미 결론이 났다. 영화 중간에 안나가 올라프에게 외치는 장면이었다.

"역시 넌 최고의 파트너야!"

엘사가 얼음으로 멋지게 왕국을 지키고 사나운 야생마를 끝내주게 길들였더라도, 안나의 말 한마디가 훨씬 감동적이었던 나. 회사에서 환영하는 인재상은 아닐지 모르겠지만, 능력은 좀 부족할지언정 팀원의 뒤를 봐주며 같이 가는 리더가 좋다.

어떤 리더를 만나느냐는 복불복이지만, 어떤 리더가
되느냐는 내가 결정할 수 있지 않을까? 이것 하나만 믿으
며, 나는 말 안 통하고 몰상식한 회사의 김상철들을 만나
러 내일도 씩씩하게 출근할 것이다.

오래될수록 좋은 친구라는
판타지

———— 한국 사회는 오래된 것에 유난히 관대한 듯하다. 특히 오래 알고 지낸 사이에서는 "에이, 가족끼리 왜 그래", "친구끼리 뭐 어때"라는 말로 자신의 무신경함을 어물쩍 때우는 경우도 종종 있다. 가깝다는 이유로 배려와 예의는 단번에 거추장스러워진다. 궁금함과 무지함 사이를 넘나드는 질문이 오고 가는 자리에서 정색하면 사람이 변했다는 둥 까칠해졌다는 둥 예민한 사람으로 받아들여지고, 웃어주면서 일일이 대답해주자니 바보가 된 듯한 기분이 들어 꼭 뒤돌아 후회하고야 만다. 와인과 친구는 오래될수록 좋다는 말은 진짜일까? 와인을 고를 땐 오래되었는지보다 할인율이 더 중요하고, 십년지

기보다 회사 동료들과 더 많은 시간을 보낼 수밖에 없는 나는 그 말을 자주 의심한다. 숙성이 잘된 오래됨도 있지만 부패한 오래됨도 있기 마련이니까. 게다가 성숙하기보다 부패하기가 훨씬 더 쉬운 법이다. 고인 물 그대로 썩어버린 사람들을 뉴스뿐 아니라 주변에서도 어렵지 않게 만난다.

◇◇◇◇◇◇◇◇◇

스무 살에 재수 생활을 시작했다. 가고 싶었던 대학에도 떨어지고 자존감도 떨어질 대로 떨어져서 아무 짝에도 쓸모없는 인간은 세상에 나밖에 없다는 생각에 사로잡혀 집과 독서실만 왔다 갔다 했다. 수능까지 백 일정도 남았을 즈음 친구에게서 연락이 왔다. 공부는 잘되고 있는지, 컨디션 조절은 잘하고 있는지 이런저런 메시지를 주고받다가 친구는 대뜸 돌아오는 일요일에 만나자고 했다.

"공부만 하는 것도 안 좋아. 가끔 바람도 쐬고 머릿속도 환기시켜줘야 더 집중할 힘이 생긴다? 일요일 딱 하루만 나랑 데이트하자."

재수생 주제에 돈도 없으면서 일요일에 나가 노는 게 영 부담이 되었지만 친구 말도 일리가 있는 듯했다. 아닌 게 아니라 수능 당일 마킹 실수로 답을 밀려 쓰는 악몽을 꾸는 바람에 매일 밤잠을 설치던 시기였다. 대화 상대가 간절했다. 하루에 한두 마디를 할까 말까 할 정도로 사람 마주치는 일이 드물었다. 오직 문제집만을 마주 보는 시간의 연속이었다. 실은 약속을 잡고 나서부터는 내내 일요일만 기다렸다. 대망의 일요일 아침, 친구를 보자마자 반가운 마음에 발을 동동 구르며 소리를 질렀다. "야, 너 대학교 신입생 티가 나긴 난다!", "너무 보고 싶었는데 너 공부하는 데 방해될까 봐 연락 못 한 내 맘을 알긴 하니?" 같은 대화를 나누며 친구가 나를 데리고 간 곳은 분당에 있는 어느 큰 교회였다. 전혀 예상하지 못한 전개였다.

무신론자인 나는 교회의 큰 스크린에 비치는 악보를 바라보며 뻐끔뻐끔 찬송가를 따라 하는 척 입만 가끔 열었다. 어리둥절한 나를 보다 못한 친구가 내 손을 부여잡더니 박수를 유도하며 소리 높여 노래를 불렀다. 이게 대체 무슨 상황인지 파악하지도 못한 채로 예배가 끝난 다음 짜장면 한 그릇에 3천 원 하는 중국집에 끌려갔다. 친구는 자기 단골집이라며 짜장면 두 그릇을 시켰다. 짜장면을 한창 먹고 있을 때쯤 친구가 외쳤다.

"사장님! 여기 이 탕수육 저희가 먹어도 되나요?"

친구가 가리킨 것은 옆자리 손님이 떠난 테이블 위 탕수육 두세 조각이 남은 그릇이었다. 어차피 버릴 건데 우리 배 속에 들어가는 게 낫지 않겠냐며, 친구는 자신의 짜장면 그릇에 탕수육 조각을 넣어 같이 비비고는 한입 가득 밀어 넣으며 까르르 웃었다. 결국 그는 내가 남긴 짜장면은 물론 옆자리에서 가져 온 탕수육까지 남기지 않고 깨끗이 비웠다. 그러고는 남은 기간 동안 힘내서 공부하라는 말을 건넸다. 우리는 헤어져 각자 집으로 돌아왔다.

이왕 오늘 하루 놀기로 마음먹은 거 친구랑 더 있다 오지 왜 벌써 들어오냐, 친구가 어디 좋은 데 데려갔냐, 밥은 뭐 먹었냐는 엄마의 질문에 눈물이 왈칵 쏟아졌다. 서운했다. 속상했다. 이용당한 기분이었다. (재수생이라는 고난의 길에 신이 함께하길 바라는 마음이었을지 모르지만) 찬밥 신세란 이런 걸까? 엉엉 울며 친구 유리에게 이야기했다. 김유리는 뭐 그딴 게 다 있냐며 자리에서 벌떡 일어나 화를 냈다. 머뭇거리는 내게 당장 전화하라고 하더니 내 핸드폰을 낚아챘다. 김유리는 나 대신 전화를 걸어 그에게 절교하자고 핸드폰에 대고 빽빽 소리를 질렀다. 훗날 우린 '대리 절교'라는 말로 그때 일을 회상하며 우스갯소리를 했지만 재수생이라는 이유만으로 멘탈이 약해져 있던 나를 종교의 길로 전도하려 한 친구의 공감 부족한 배려는 지금 생각해도 황당하기 짝이 없다. 머리 끝까지 화가 났는데도 우물쭈물하는 바람에 친구가 대신 화를 내준 것도 어쩐지 스스로에게 창피한 사건이다.

오래된 친구라서 정이 뚝뚝 떨어질 때가 있다. '알고

이만큼의 거리와 긴장감이 적당합니다.

지내온 시간만큼 내가 너를 아주 잘 파악하고 있다'는 섣부른 판단과 '내가 어떤 잘못을 하더라도 너만큼은 나를 이해해주겠지'라는 오만이 관계를 망가뜨리기도 한다.

나 또한 그런 이유로 주변 사람을 오해하고 상처를 주기도 했다. 아니, 자주 그랬다. 오래된 관계, 잘 아는 사이라는 특별함은 사람과 사람 간에 존재하는 거리를 좁히는 동시에 긴장감마저 무너뜨려 자칫 실수를 저지르게 만든다. 그래서 마음과 마음 사이의 연결선이 팽팽한 상태를 유지하도록 부지런히 잡아당긴다. 동등한 마음의 힘으로 계속해서 힘겨루기하듯 마음의 줄다리기를 하는 것이다. 단, 이 게임에 승자와 패자는 없다. 이기고 지는 사람 없이 그저 상대 선수를 존중하며 좋은 관계 맺기라는 경기를 지속하는 거다.

적당한 긴장은 각자 다른 환경에서 살아온 우리가 서로의 차이를 발견하고 그 자체로 받아들이는 데 더 유용하다. 다른 말로 '존중'이라고 할 수 있을지도 모르겠다.

어떻게 회사를
사랑할 수가 있어요?

———— 애사심처럼 이율배반에 충실한 단어가 이 세상
에 또 존재할 수 있을까. 사랑이라는 아름다운 단어를 대
체 누가 회사 따위에 갖다 붙였는지 그 상상력이 정말 놀
랍다. 연초만 되면 어김없이 전 직원을 한데 모아놓고는
작년 한 해도 경기가 좋지 않아 회사가 힘들었다는 이야
기를 근엄한 목소리로 늘어놓으며, 올 한 해는 애사심을
갖고 여러분이 회사에 많은 힘을 보태주었으면 한다는
말로 사장님 훈화 말씀이 마무리된다.

"다들 체면 차리지 말고 어서 들어요"라고 하며 준비
해놓은 다과를 먹으라고 손짓한다. 테이블 위에는 언제

샀는지 모를 바짝 마른 소시지빵이 혀를 내밀고 있다. 우리는 너무 잘 안다. 곧 사장님은 저 회의실 문을 열고 나가 이번에 새로 뽑은 벤츠를 타고 즐겨 찾는 스크린 골프 연습장에 갈 거라는 사실을.

3/6/9 법칙에 따라 삼 개월마다 주기적으로 퇴사하고 싶었지만 지난 일 년은 특히 심했다. 들리는 것이라곤 키보드 두드리는 소리뿐인 조용한 사무실에 어느 날부터 미스터리한 소리가 들리기 시작한 것이다. 언뜻 경쾌하게 들리는 그 소리가 너무 불쾌해 근원지를 찾아가 보니 사장실 안에 초록색 미니 골프장이 조성돼 있었다. 경기가 좋지 않아 회사가 무척 어려웠다는 작년 내내 우리의 사장님은 인조 잔디 위에서 열심히 스윙 연습을 했다. 나를 포함해 몇몇 직원들의 키보드는 종종 새 것으로 교체되었는데 다들 가운뎃손가락으로 얼마나 힘껏 키보드를 내리쳤는지 하나같이 엔터키가 내려앉아 있었다. 무릇 가운뎃손가락은 치켜세우라고 있는 건데 애꿎은 키보드만 부쉈다. 진짜인 척하는 잔디를 잘근잘근 밟고서 골

프공을 탕탕 쳐내는 눈치 없는 소리와 아무리 찍어 눌러도 다시 일어서는 키보드 키를 일꾼 부리듯 내리누르는 소리가 하모니를 이뤘다.

아무도 소시지빵을 먹지 않고 각자 자리에서 침묵을 지키고 있자 머쓱해진 사장님은 헛기침을 몇 번 하고는 회의실을 빠져나갔다. 애국심도 없는 마당에 애사심이 웬 말일까. 내 마음도 소시지빵처럼 바싹 마르는 기분이다.

오래전 동료들과 함께 직장 상사한테 우르르 몰려간 적이 있다. 해도 해도 너무한 업무량으로 그렇게 야근을 시키더니 그에 합당한 보상을 하지 않은 것에 대해 앞으로 어떻게 할지 논의하기(으름장을 놓기) 위함이었다. 하지만 어떤 요청을 하든 간에 그는 계속해서 "나중에"를 기약했고, 한두 시간 소리 높여 싸우다 지친 우리 중 누군가가 급기야 "돈으로 줄 수 없으면 칭찬이라도 많이 해주세요! 칭찬은 돈이 들지 않잖아요!"라는 세상에서 가장 순진하고 바보 같은 요구를 했다. 초과근무수당을 받을 수 없다

——— 너에게 안녕

면 칭찬이라도 받아야겠다는 심정이 또 묘하게 이해는
되어서 나 또한 맞장구를 치긴 했지만 이내 후회했다. 뒤
이어 따라올 후배들도 초과근무수당 대신 하등 쓸모없는
칭찬을 받게 될 일이 불 보듯 뻔했기 때문이다. 노동력에
대한 대가는 칭찬으로 대체될 수 없다. 칭찬은 보상이 아
니다. 욕을 먹더라도 마땅한 대가를 악착같이 요구하고
정당하게 받아내야 한다. 욕이 약이 될 수 있지만 칭찬은
약이 되지 못한다. 부당하다고 소리 내야 한다.

◇◇◇◇◇◇◇◇

　　회사의 열악한 조건을 '마음의 힘'으로 이겨내라는
사람을 보면 안타깝다. 시대에 뒤처져 보인다. 애사심을
들먹이는 속내는 너무 고약하다.

───

　　"어쩜 이렇게 애사심을 가진 직원이 하나도 없냐
고. 이러니 내가 안심하고 자리를 비울 수가 있어

아무리 반복해도
익숙해지지 않는 일이 있는데요.
그건 바로 월요일.

야지 말이야. 안 그래요?"

―――

    팀장이 회의실에 팀원들을 모아놓고 한마디 할 때마다 꼭 등장하는 단어, 애사심. 한국 사회에는 반존대라는 훌륭한 전통이 있으니까 나는 전통을 따라 예의 바르게 받아친다.

    "팀장님. 아니, 어떻게 회사를 사랑할 수가 있어요? 에이, 말도 안 되지 그건."

    계산 없는 사랑은 사람끼리 하고, 회사와는 사랑 없는 계산만 하자. 아무래도 회사와 가장 잘 어울리는 단어는 애사심이 아니라 애로 사항인 것 같다.

악의와
선의

———— 타인의 성취를 별것 아닌 일로 압축하는 사람들이 있다. "그런 건 나도 하겠다"라든지 "솔직히 별로 대단하지도 않던데" 혹은 "운이 좋았을 뿐"이라는 말로 노력을 평가 절하한다. 남 잘되는 꼴은 절대로 곱게 보지 못하는, 전형적인 '사촌이 땅을 사면 배 아픈' 유형이다. 다른 사람의 성공을 있는 그대로 인정하지 못하고 좀 추하다 싶을 정도로 집요하게 약점과 단점을 찾아낸다. 그걸로 끝나면 차라리 다행이다. 대개 이런 '사땅배'들은 필요 이상으로 말이 많아서 어떻게든 다른 사람의 공적에 흠집을 내고자 전력을 다한다. "사실은 말이야"라고 솔직히 털어놓는 척, 진심으로 걱정해주는 척하지만 결국엔

그게 전부 상대를 깎아내리는 말이었음을 깨닫기까지 꽤 오래 걸렸다. "사실은 말이지"로 시작하는 말에 눈을 동그랗게 뜨며 귀를 기울였고, "너를 위해서 하는 말인데"라는 말에는 쉽게 감동받았으며, 마지막에는 꼭 서럽게 우는 일로 마무리되었다. 이런 일을 자주 반복하다 보니 내 몸 어딘가 눈물이 쏙 빠져나간 자리에는 인간을 향한 의심과 혐오가 가득 들어차는 것 같았다.

악의를 품은 말은 힘이 세다. 다른 사람의 성과를 인정하지 않는 사람, 상대를 존중하지 않는 사람과의 관계는 그만두는 편이 낫다. 기본값이 늘 자신에게 있는 사람은 주변 사람이 베푸는 배려나 호의를 갉아먹으며 '세상의 중심은 나' 같은 자의식 과잉이라는 괴물을 키운다. 정말이지 너무 부담스럽다. 누군가에게 좋은 일이 생겼을 때 축하하기는커녕 은근슬쩍 비꼬거나 하고, 나쁜 일에는 금세 "어떡하면 좋아, 괜찮아?"라며 좋은 사람인 척 위로하는 그들을 계속 친구로 둘 필요 없다. 타인의 불행에 공감하고 위로하는 건 쉽고 타인의 기쁨에 함께 행복해하며 축하하는 건 생각보다 어렵다. 나이 들수록 남의 일에 순수하게 기뻐하기란 그야말로 내공이 필요한 일이다. 특히 나랑 비슷하거나 나보다 못해 보이는 누군가가 눈에 띄는 성취를 이뤄내면 정말로 배가 아파질지도 모르니까. 속이 꼬인 사람들끼리 그저 타이밍이 좋았을 뿐이라는 둥 뒤에서 한껏 멸시하며 욕을 하기도 한다. 그런 대화는 어떤 면에서 짜릿하기까지 하다. 인간의 질투와 시샘이 편협함과 만나 무시와 멸시라는 화학작용을 일으키고, 욕으로 모두가 대동단결하는 기괴한 현장을 맞이하고 있자면 솔직히 재미있기도 하다. 내가 제일 부끄럽고 무서운 순간이다. 사실 가장 조심해야 하는 건 내 안의 악의와 비겁함인 것이다.

기쁜 일에는 축하를, 슬픈 일에는 위로를 전한다. 이렇게 간단하고 쉬운 걸 하지 못해 심사가 배배 꼬인 사람이 되지는 말자. 주변에 인색해지지 말자. 오늘은 비겁했던 나를 정면으로 마주하고, 내일은 비겁해지지 않을 용기를 낼 것이다. 그야말로 견디기 힘든 성공은 제일 가까운 친구의 성공이라는 말에 넘어가지 않는다. 부러우면 지는 거라는 말에 속지 않는다. 나는 내 친구의 적이 아니다.

어디에나 악의는 존재한다. 하지만 나를 키운 건 8할의 선의였다. 2할의 악의에 일희일비할 필요는 없다. 악의 같은 건 가볍게 밟고 지나가자. 내가 만드는 세상은 선의에서 선의로 돌아간다. 그 세상에 당신이 있다.

행복을 주는 건
인맥이 아니라 치맥

──── 회사에서 맡은 일들은 대체로 재밌는 편이지만 적성에 맞지 않는 업무를 맡기도 했다. 생판 모르는 사람에게 전화를 걸어 협찬을 요청하거나 전혀 관심도 없는 분야에 종사하는 사람과 식사를 하거나 차를 마시며 환심을 사기 위해 노력할 때는 나 자신이 좀 안쓰러웠다. 구차한 일이었다. 이런 일들을 몇 달 동안 연달아 처리할 때는 살이 5킬로그램씩 빠졌다. 나는 사람 대하는 일에 유난히 서툴렀던 것이다. 싫어하기도 했고.

나는 조금 덜 힘들고 조금 덜 불행하기 위해 나에게 쿠폰을 만들어주기로 했다. 도장을 열 개 모으면 아메리

카노 한 잔이 무료인 단골 카페 커피 쿠폰처럼, 나를 위해 사회성 쿠폰이라는 것을 만든 것이다. 열다섯 개의 친절 도장을 찍는 나만의 사회성 쿠폰. 일주일 안에 베풀 수 있는 친절을 최대 열다섯 번으로 설정한 쿠폰이다. 커피 쿠폰처럼 도장을 다 모으면 무료로 제공되는 음료 한 잔처럼 한 번의 공짜 친절 같은 건 물론 없다.

'우리 가게에 열 번이나 와주셔서 감사하니 이번 한 잔은 서비스로 드리겠습니다. 그러니 다음에 또 애용해주십시오'라며 어떻게든 단골을 만들어보겠다는 카페 사장님과 다르게, 나는 '내가 이번 주에 이미 열다섯 번이나 친절하게 대해줬는데 뭘 더 바라는 거야. 배은망덕하긴' 하며 심술을 부리고 싶어진다.

더군다나 나라는 사람에게 사회성 쿠폰을 선물하게 된 데에는 '관계를 정리한다'라는 의미도 포함되어 있었다. 일주일에 딱 열다섯 번의 친절이라면, 누구에게 쏟느냐가 중요하기 때문이다.

인맥 관리가 성공의 필수 조건이라는 말을 부모님으로부터 인이 박이도록 들었고, 인적 네트워크가 큰 자산이라는 신문 기사에 마음이 조급해져 한때 학교 선후배나 동기 모임, 업계 관계자들이 모인다는 자리에 끼어보겠다고 유난을 떨기도 했다. 같은 공간에 그 사람들과 함께 있다는 이유만으로 마치 나의 성공과 앞날의 행복이 보장되기라도 한다는 것처럼.

———

"그때 그 사람들이 내 커리어에 도움을 주었는가?"
"아니오."
"그때 그 사람들과 아직까지 연락을 주고받는가?"
"아니오."

———

대답은 "아니오"뿐인 머릿속 계산기를 두드려보고는, 의미 없이 돈과 시간을 투자했던 과거의 나에게 빨간색 뿅망치를 휘둘러주고 싶어졌다. 불과 몇 달 전에도 대략

5, 6년 동안 왕래 한 번 없던 지인으로부터 뜬금없이 연락이 와서는 자신이 주최한 행사에 오지 않겠느냐며 초대를 하길래 그 자리에 참석했다. 사실 행사장 입구에 가자마자 느꼈다. 굳이 내가 올 필요가 없는 곳이구나. 초대한 지인에게 알은체하며 인사했다가 돌아온 답변은 내 귀까지 빨개지게 만들었다.

─────

"와줘서 고마워. 근데 이름이?"

─────

◇◇◇◇◇◇◇◇◇

일명 '이름이' 사건은 행사에 같이 가준 김 선배에게 두고두고 놀림감이 되었다는 전설. 최근에 『오케이 라이프』의 오송민 작가님을 만나 이런 일이 있었다고 하소연했더니 그가 해준 말이 있다.

"삼십 대는 관계를 덜어내야 하는 나이에요."

맞다. 인간관계에도 미니멀리즘이라는 게 필요하다. 인맥 관리라는 걸 해보겠다고 어설프게 나갔던 모임에서 만난 사람들과의 관계는 오히려 나를 갉아먹는 것이 되었다. 통상 인맥이라든지 네트워크라든지 하는 것들은 나의 성공, 나의 행복과 하등 상관이 없었다. 나라는 사람은 다른 사람들과 함께 있는 시간보다 '혼자 있는 시간'이 더 중요하고, 표면적인 관계보다는 나를 잘 알고 이해해주는 깊은 관계가 더 중요한 사람이었던 것이다.

만나고 헤어질 때 허무함밖에 남지 않는 관계가 있는 반면 만나고 헤어질 때 뼛속까지 영혼이 충만해지는 관계가 있다. 후자 쪽에 내 에너지를 쏟아붓고 싶다. 그런 관계라면 나만의 사회성 쿠폰 속 15회의 친절을 모두 바쳐도 아쉽지 않을 것 같다. 역시 나는 인맥에 집중하기보

다는 내가 좋아하는 사람들과 함께 치맥을 먹는 게 더 즐
거운 사람. 어쩐지 한심하지만.

　나의 성공과 행복은 인맥에서 비롯하는 것이 아니다.
오늘 하루 어떤 일이 있었는지 마음 편하게 조곤조곤 이
야기할 수 있는 상대, 내가 나의 진심과 전력을 다해도 조
금도 아깝지 않은 몇 명이면 충분하다.

작지만 확실한 행복은
역시 인맥보단 치맥에 있죠?

비혼주의자는
아닙니다만

───── 그동안 우리는 결혼을 너무 과대 포장해온 건 아닐까. "두 사람은 결혼해서 행복하게 살았습니다"로 끝나는 이야기에 찬물을 끼얹고 싶을 때가 있다. 순백의 웨딩드레스를 입고 고급스러운 소파에 앉아 허리를 꼿꼿이 편 채 하객을 맞이하던 결혼식 당일의 친구를 보며 좀 이상하다고 생각했다. 언제 마지막으로 봤나 싶은 친척들, 멀찍이서 무언가 귓속말을 나누는 부모님 친구분들, "너무 예쁘다!", "축하해"라고 호들갑 떠는 친구들과 회사 동료들을 향해 미소 지으며 신부 대기실에서 꼼짝도 하지 못하는 모습이 오늘의 주인공이라기보다 구경거리처럼 느껴지는 내가 비뚤어진 걸까. 신랑처럼 결혼식장 로

비를 자유롭게 쏘다니면서 우렁차게 "와! 이게 얼마 만이 야!"라고 외치며 먼저 악수를 청하는 씩씩한 신부를 보고 싶다고 생각하는 내가 유난스러운 걸까. 신부와 신랑 모 두 부모님 옆에 서서 서로 눈 맞춤도 하고 기쁜 순간을 온 전히 만끽하는 결혼식 장면이 많아졌으면 좋겠다.

나는 꽤 오랜 기간 연애를 했다. 엇나갈 때마다 정색하 고 옳은 충고를 해주는 오랜 친구처럼, 옆자리의 일 잘하 는 든든한 직장 동료처럼 단단하고 촘촘한 직물을 짜듯이 구 년을 함께했다. 내구성이 상당히 좋은 사이랄까. 일 년 만 더 있으면 강산도 변한다는 십 년이다. 권태기는 없었 냐, 오래 사귄 비결은 뭐냐, 아직도 설레냐 등은 하도 많이 들어서 이젠 지겹지도 않은 질문이다. 최근에는 질문이 몇 가지 추가되었다. "언제 결혼해? 혹시 비혼주의자야?" "건강한 아이를 낳으려면 서둘러야 하지 않을까?"

그런가? 아직 결혼할 생각이 없을 뿐인데 그게 비혼 주의자인가? 결혼이라는 제도에 굳이 얽매이고 싶지 않은 편이긴 하다. 두 사람이 부부가 되었음을, 배우자로서 역할과 의무를 다할 것을 국가로부터 인정받지 않더라도, 서로가 서로를 존중하고 상대에게 안전구역이 되어주는 것 자체로 충분하다고 생각했다. 공인인증서도 폐지되는 마당에 국가의 승인 같은 것 없이도 사랑 가득한 삶을 살아갈 수 있다고 믿는다. 실제로 프랑스에서는 연인들끼리 팍스PACS를 맺는다고 한다. 시민연대계약이라는 의미의 팍스는 결혼하지 않아도 배우자로서의 권리를 법적으로 인정받는 파트너십 제도인데 이들은 서로를 남편, 아내 대신 파트너라고 칭한다. 파트너라니, 가족 간에 서로를 지칭하는 이보다 더 평등한 말이 있을까.

물론 나의 이면에는 결혼과 동시에 아내, 며느리, 엄마라는 이름을 떠맡듯 부여받고 싶지 않다는 마음도 숨어 있다. 사회가 제시하는 현명한 아내, 착한 며느리, 훌륭한 엄마의 역할을 동시에 해내기에는 내 그릇이 너무 작다. 육아에 헌신하느라 나 자신을 돌보지 못한 원망을 남편과 아이에게 쏟아내며 "내가 너를 어떻게 키웠는데!"같은 말을 하는 사람이 되고 싶지 않다. 남편과 양가 어른들을 챙기느라 내 인생에서 나를 지우는 삶을 살고 싶지 않다.

　책임에서 자유롭고 싶은 마음과 지금 나를 이루는 어떤 것도 잃고 싶지 않은 마음이 공존한다. 친한 친구들은 행복한 가정을 꾸려 복닥복닥 사는데 나 혼자 나이 먹고 외로움에 잔뜩 몸부림치다가 고독사하는 상상도 한다. 혼자 사는 여자는 한국 사회에서 정상으로 취급될 수 있을까. 결혼하지 않고도 사랑하는 사람과 잘 살 수 있을까. 아이를 낳지 않는 여자도 괜찮을 수 있을까.

　아이를 낳고 보니 또 다른 차원의 세계가 열렸다고 말하는 지인이 있었다. 출산과 육아로 많은 기회를 놓친 대신 사랑스러운 아이를 가졌으니 만족한다는 그의 핸드폰은 아이가 엄마만 찾는다며 언제 오냐고 성화를 부리는 남편의 전화로 쉴 새 없이 울려댔다. 출산과 육아로 수많은 기회와 가능성을 포기해야 하는 사회는 왠지 괴물 같다. 기회와 가능성을 잡아 먹히는 쪽은 왜 항상 이쪽일까.

아이를 낳고 키우는 삶은 경이롭지만 결혼도 아이도 없는 내 삶도 마찬가지로 경이롭다. 다른 차원의 문을 열지 않고도 이 사회에서 '노처녀', '결혼 못 한 딸' 같은 차별의 언어로 배제당하지 않으면서 나로서 충만하고 행복하게 살 수 있었으면 좋겠다. 대학교 졸업하면 취직, 취직하고 나면 결혼과 같이 너무 당연하다시피 여기는 인생 대열에서 나 하나쯤은 빠져도 될 듯하다.

결혼은 하고 싶을 때 한다. 적령기 따위 하등 쓸모없다. 그냥 하고 싶은 대로 산다. 잊지 말자. 나는 내가 제일 중요하다.

좋아하는 마음은
미루지 않기

───── 배우 이솜이 주인공(미소 역)으로 나오는 영화 〈소공녀〉를 보았는지. 영화 속에서 미소는 어느 날 집주 인으로부터 월세를 올리겠다는 내용의 문자메시지를 받는다. 월세 때문에 담배와 위스키 가운데 하나를 포기해야 하는 갈림길에서 그는 누구도 예상치 못한 결단을 내린다. 좋아하는 담배와 위스키를 지키기 위해 집을 포기한 것이다. 셋방살이하던 집을 내놓고 지인들을 한 명씩 찾아가 하룻밤 재워달라고 부탁하며 가사 도우미를 자처하는 미소의 당당한 미소를 잊을 수 없다. 나라면 월세를 마련하기 위해 담배나 위스키 둘 중 하나를 포기했겠지.

영화를 본 그해 연말, 나는 '올해의 인물'로 미소를 선정했다. 좋아하는 것이 명확하고, 마음껏 좋아할 줄 알며, 좋아하는 것을 선택하기 위해 다른 것을 포기할 줄 아는 사람만큼 멋있는 게 있을까. 한동안 나는 난처한 상황을 맞닥뜨릴 때마다 나 자신에게 물었다.

———

"미소라면 어떻게 했을까?"

———

침대에 누워 스마트폰으로 인터넷 쇼핑몰에 들어가 이것저것 살펴보다가 크림색 캐시미어 머플러를 발견했다. 턱 아래와 목 아래를 부드럽게 감싸는 캐시미어의 촉감과 검은색 코트 위를 멋스럽게 장식하는 크림색의 조화를 상상했다. 머플러를 두른 채 오른쪽에는 서류 가방을 들고 회사 출입문을 당당하게 열며 출근하는 나의 이미지를 최대한 빨리 갖고 싶었다. 저것만 사면 근사한 사람이 될 것만 같았다. 얼른 결제 버튼을 누르려던 순간 가격을 확인하곤 멈칫했다. '아니 머플러가 이렇게 비쌀 일이야?' 재작년에 산 체크무늬 머플러도 떠올랐다. (사실 작년에는 버건디색 머플러도 샀다.) 손을 벌벌 떨며 장바구니에 넣었다 뺐다를 반복하다가 아쉽고 섭섭한 마음을 간직한 채 핸드폰을 내려놓았다. 며칠 동안 크림색 캐시미어 머플러를 한 내 모습이 눈앞에 아른거렸다. 머플러가 담긴 택배 상자를 받는 꿈까지 꿨으니 말 다 했다.

그리고 한 달 뒤 카드값을 보고 화들짝 놀랐다. 돈을 이렇게 많이 썼을 리가 없다고, 카드사에서 전산 처리를 잘못해 오류가 난 게 분명하다며 지출 내역을 샅샅이 살폈다. 항목마다 편의점 간식과 야식에 지갑을 활짝 열어젖힌 과거의 내가 있었다. '이렇게 돈을 쓸 거였으면 머플러를 샀어야지!' 하고 후회하는 나. 그러면 늘어진 뱃살 대신 크림색 캐시미어 머플러가 내 곁에 있었을 텐데.

사무치게 좋아하는 한 가지를 포기하고 어정쩡한 아홉 가지를 선택하는 꼴이 하찮게 느껴진다. 십만 원짜리 머플러는 비싸다며 사지 않고 만 원짜리 군것질을 열 번

하는 사람이라니. 아무리 생각해도 이건 아니다. 가장 좋아하는 것을 취하기 위해 어중간한 나머지를 과감하게 포기하는 결단력이 필요하다. 좋아하는 것을 마음껏 좋아하기 위해서는 내 삶에서 그저 그런 것들을 최대한 덜어내야 하는 것이다. 애매한 말과 행동으로 이도 저도 아닌 어정쩡한 선택을 한 다음 찝찝해하는 것도 이젠 싫다. 지겹다.

미소처럼 담배와 위스키를 위해 쿨하게 집을 포기하지는 못하겠지만, 여러 가지 핑계를 대가며 좋아하는 마음을 자꾸만 뒤로 미루고 싶지 않다.

가장 좋아하는 한 가지를 선택하기 위해 이도 저도 아닌 아홉 가지를 포기함으로써 발생하는 불편들은 고요히 감내하고 책임진다. 나를 적당히 거부하고 적당히 받아들이며 산다. 그건 어쩌면 나를 견디는 일일지도 모르겠다.

오늘도 나의 인생을 수습한다.
잘 살기 위해서.
결코 치치지 않을 예정이다.

나에게
괜찮은
선에서

add

○

출근할 시간이다.
오늘도 가늘고 길게
버틸 것이다.

가늘고 길게
버티는 마음

——— 나에게 하루를 시작하고 마치는 기준은 브래지어를 입었다 벗는 일에 있다.

서른이 되기 전까지 나는 소화불량이란 말을 좀처럼 이해할 수 없었다. 체했다 싶을 땐 까스활명수를 마실 것도 없이 버거킹 와퍼 같은 것을 위장 속에 꾸역꾸역 밀어넣으면 만사 오케이였다. 왕성한 식욕과 제 역할에 충실한 소화기관의 컬래버레이션으로 덩치뿐만 아니라 혈색도 항시 좋았다. 그러던 내가 어느 날부턴가 뭐만 먹었다 하면 속이 더부룩하고 명치가 아팠다. 체기가 너무 심해 명치끝이 아프고 허리도 못 펴는 지경이 되면 극약 처방을 내린다. 바로 노브라. 노브라는 만병통치약이다. 신체적으로나 정신적으로나.

이가 잘 썩는 탓에 치과에도 자주 간다. 지금은 단골이
된 치과에 가서 하소연을 했다. "선생님, 또 충치가 있나
요?" "아니요. 웬일인지 이번엔 이들이 멀쩡하네요." "그
런데 왜 이 사이에 이물질이 자주 끼는 거죠?" "이가 벌어
졌으니까 그렇죠." "네? 이가 벌어져요? 갑자기 왜 벌어
지는 건데요?" 한껏 불안해하는 나와 달리 의사 선생님은
심드렁한 표정으로 나를 흘깃 쳐다보더니 말했다.

———

"왜긴 왜겠어요. 노화가 시작되었다는 뜻이죠."

———

명쾌하다. 그렇다. 나도 노화가 시작된 것이다. 이 사
이에 음식이 자꾸만 끼는 것도, 하루가 멀다 하고 체하는
것도 다 내가 늙고 있기 때문이다. 편의점에 들러 치실을
사서 집에 돌아오자마자 브래지어를 벗어 던지고 잠옷을

대충 걸쳤다.

이와 이 사이는 천천히 벌어지고 가슴은 중력을 이기지 못하고 차츰차츰 처진다. 엄마는 늘 자세를 강조했다. 서 있을 때나 앉아 있을 때나 어깨는 쫙 펴고 아랫배에 힘을 팍 줘야 사람의 중심이 똑바로 선다고 말했다.

———

"중심이 똑바로 서면 쓸데없이 뱃살이 찌는 일도 없고 사람이 커 보인다. 네가 가진 능력을 굳이 내세우지 않아도 저절로 티가 날 거야. 닫힌 문 틈으로도 꼭 새어 나오는 빛처럼 아무리 막으려 해도 티가 나는 반짝이는 무언가가 여기서 너의 무게중심을 단단하게 잡아준단다."

———

엄마는 검지로 배꼽 아래를 가리키며 "자, 여기에 힘 줘봐!"라고 힘주어 말했고, 나는 핫! 하고 기합을 주며 숨

을 참았다. 똥배가 순간적으로 들어갔다가 나왔다. 엄마
는 그렇게 외할머니에게 배운 바른 자세의 중요성을 딸
에게 가르쳐주었다. 외할머니 또한 그녀의 어머니에게
물려받았을 테다. 실제로 나는 외할머니의 구부정한 모
습을 한 번도 보지 못했다. 당신의 딸들이 비정한 세상에
쉽사리 무너지지 않길 바라며 입에서 입으로 전한 소중
한 마음이었을 것이다.

그리고 그건 나에게 심신 단련과도 같았다. 배꼽 아래
에 힘을 주는 것은 나 자신을 스스로 지키는 법을 배우는
과정이었다. 작은 화분에 씨앗을 심듯이 적당한 긴장을
매 순간 몸과 마음에 심었다.

서른이 넘은 나는 이제 아침저녁으로 브래지어 후크
를 채웠다 풀면서 긴장을 채웠다 풀었다 반복한다. 나는
현대 여성의 페르소나는 브래지어라고 확신한다. 브래
지어를 입음으로써 받은 월급만큼 일을 해내고, 벗음으
로써 모든 사회적인 역할을 내려놓는다. 적당한 긴장과
적당한 스트레스로 유지되는 이런 생활이 결코 나쁘지

않다.

◇◇◇◇◇◇◇◇

인생은 한 방이라는 말보다 가늘고 길게 산다는 말을 좋아한다. 얼핏 하찮아 보이는 규칙들이 생활에 미치는 힘을 무시할 수 없다. 하루 한 끼 정도는 직접 요리해서 먹기, 딱 십 분만 일찍 출발해서 약속 장소에 제시간에 도착하기, 가지런히 갠 속옷들을 서랍장에 일렬로 정리하기, 자기 전에 들을 음악 한 곡을 고심해서 고르기처럼 적당히 부지런하고 적당히 게으르게 만들어가는 생활의 규칙이 차곡차곡 쌓인다. 한 방에 해결되는 인생 같은 건 무섭기도 하고, 그런 행운 같은 순간이 쉽사리 내게 오지 않으리라는 이상한 확신이 있다.

가늘고 길게 버티는 마음 아래에는 단단한 일상이 자리 잡고 있다. 몸과 마음이 축축 처져서 집 밖으로 한 발자국도 나가기 싫고 어느 누구도 만나고 싶지 않은 순간을 맞닥뜨리기도 한다. 그럼에도 물에 젖은 솜같이 무거

운 몸을 일으켜 일터로 나가야 한다. 출근길 지하철 차창
에 비친 내 표정은 뭐라 표현할 길이 없을 정도로 어둡지
만 회사에 도착해 동료들과 부대끼며 정신없이 일하다
보면 어느새 우울했던 기분은 사라지고 평소와 다름없는
나로 돌아와 있다. 단순하고 반복되는 일상이 주는 위안
이다.

　적당한 인생만큼 지루하고 따분한 삶은 없으리라 믿
었다. 지금은 생각이 조금 다르다. 적당히 가늘고 긴 일상
이야말로 큰 행운이다. 하루하루 반복하고 싶은 자신만
의 규칙을 만들어야 한다. 무겁고 크고 지키기 부담스러
운 규칙 말고, 적정선의 노력만 기울이면 충분히 이뤄낼
만한 심플한 규칙들로 하루를 채우다 보면 인생의 고달
픔 따위는 거뜬히 뛰어넘을 수 있을지도 모른다.
　다시 날이 밝았다. 수백 번 반복했고, 앞으로도 수없
이 거듭할 출근 준비를 마친 끝에 제법 비장한 표정으로
지난밤 아무렇게나 벗어둔 브래지어를 입는다. 출근할
시간이다. 오늘도 가늘고 길게 버틸 것이다.

홀가분하게 잘 살고 싶습니다.

도망치는 건
부끄럽지만 도움이 된다

——— "역시 우리 딸이 최고야."

K-장녀들이여, 이 말을 위해 얼마나 성실하게 살아왔는가! 착하고 예쁜 딸, 공부 잘하는 딸, 부모 말을 잘 듣는 딸, 가족을 보살필 줄 아는 딸. 그건 즉 작은 실수도 용납되지 않으며 반항하거나 엇나가는 건 있을 수 없는 일인데다 가족의 행복을 우선시하는 것이 도리라는 압박감에 부모의 감정 쓰레기통이 되기도 하고 누구보다 완벽해야 한다는 강박을 갖고 성장한 딸이란 뜻이다.

어릴 때부터 "맏이가 잘돼야 동생도 따라서 잘된다"라는 말을 지겹도록 들어왔던 나는 우리 집의 첫째 딸이다. 세상의 모든 첫째는 부모가 거듭한 수많은 시행착오의 결과물이라는데, 나 또한 맏이의 굴레를 결코 피할 수 없었다. 첫째에게 주어지는 평균 이상의 기준과 기대치를 맞추느라 자기 검열에 최적화된 인간으로 컸으니.

거실에 온 가족이 모여 드라마를 볼 때 슬픈 장면이 나오면 남동생은 주변 눈치보지 않고 어김없이 엉엉 우는 반면, 나는 최선을 다해 눈물을 참거나 주변에 아무도 없다는 걸 확인한 후에야 겨우 무장해제하고 펑펑 울곤 했다. 쉽사리 눈물을 보인 적이 없어서일까? 독한 년, 냉정한 년이란 소리를 자주 들었던 나와는 달리, 동생은 말썽을 부릴지언정 인정 많은 아이라는 칭찬을 먹고 자랐다. 조금만 잘못해도 혼이 나는 아이, 조금만 잘해도 칭찬받는 아이가 한 집에서 컸다. 첫째라는 이유와 막내라는 이유로.

그러니까 부모를 실망시켜선 안 된다고 스스로를 다잡았던 건, 아마도 우리 집에서 생존하기 위한 내 나름의 노력이었을지도 모른다. 칭찬받고 싶고 사랑받고 싶어서 학교에선 말 잘 듣는 모범생, 집에서는 동생의 뒤치다꺼리도 마다하지 않는 착한 누나가 되었다. 첫째 딸의 역할을 수행하느라 인생에서 진짜 나를 지워버린 사람들을 잘 안다. 부모의 기대에 부응하느라 자신이 좋아하고 원하는 걸 마음속 깊숙이 꽁꽁 감춰버린 딸들을 알고 있다.

20대 때는 "우리 딸 없었으면 나는 못 살았을 거야"라는 말이 그저 기뻤다. 30대가 되고 보니 아들 키워봤자 소용없고 비행기 태워주는 건 결국 딸뿐이라면서 해외여행을 다녀온 주변 친구분들의 소식을 전하는 엄마를 가만히 바라본다. 이번에도 나는 착한 딸과 마음대로 하고 싶은 대로 사는 딸 사이에서 아슬아슬한 줄타기를 한다. 엄마랑 아빠가 행복해하는 모습에 뿌듯하다가도 이내 곧 찜찜해지는 건 내가 못된 탓일까, 아님 아들이라는 프리패스를 갖고 살아온 동생을 아직도 견제하기 때문일까? 순수하게 기뻐하지 못하는 내 자신이 밉다.

◇◇◇◇◇◇◇◇◇

호시노 겐, 아라가키 유이 주연의 일본 드라마 〈도망치는 건 부끄럽지만 도움이 된다〉에는 해고당하고 백수가 된 주인공이 구직 포비아에 시달리며 이렇게 말하는 장면이 있다.

———

"누군가에게 선택받고 싶다. 여기 있어도 괜찮다고 인정받고 싶다. 그건 너무 사치스러운 생각일까? 다들 누군가가 필요로 해주길 바라지만 그게 뜻대로 되지 않아서 여러 마음을 조금씩 포기하고, 울고 싶은 마음을 웃어넘기고 그렇게 살아가고 있는지도 모른다."

———

선택받고 인정받고 싶어서 안간힘을 쓰고, 실망시킬까 봐 슬프게 만들까 봐 노심초사하며 부모의 눈치를 자주 살피는 나는 잘 살고 있는 걸까? 아직까지도 이런 고민을 하는 나는 바보 같은 걸까? 아무리 생각해도 물러

터졌으면 터졌지, 독한 년이 아니라고 소리 높여 따져 묻고 싶지만 실은 엄마, 아빠와 그렇게까지 대립할 체력은 없는 나. 굳이 하나하나 세며 그간 많이 서러웠노라고 억울해 해봤자 이 관계가 크게 달라질 것 같지 않다는 판단이 먼저 앞선다.

———

도망치는 건 부끄럽다.
하지만 도움이 된다.

———

맞다. 애써 정면 승부하지 않고 도망가는 것이 답일 때도 있는걸. 말 잘 듣는 착하고 예쁜 첫째 딸이라는 역할은 그만 내려놓고 전력을 다해 도망가야겠다.

이제 나는 부모를 실컷 실망시키고 싶다.

좋아하는 일을 하든가,
잘하는 일을 좋아하든가

──────── 불과 얼마 전부터 노포를 좋아하게 되었다. 허름한 문을 드르륵 열고 들어가 칠이 다 벗겨진 테이블 앞에 앉아 있으면 오랜 시간 공을 들인 티가 나는 음식들을 성의 없이 탁탁 내어놓는 모습이 어쩐지 더 멋있어 보이는 가게들.

메뉴판을 한참 들여다보고 있노라면 옆에 다가와 '뭘 고민하고 그래, 다 맛있는데' 하는 얼굴로 "뭐 드릴까?"라고 묻는 노포의 장인들. 맛에 대한 믿음을 '무심한 태도'로 대신하는 노포 장인에게서 배우는 건 딱 하나다. 잘하는 것을 오래 할 것.

잘하는 것을 오래 할 것. 잦은 포기와 실패를 반복하는 내게 이 말에 담긴 뜻은 좀 특별하다. 고등학교 시절 이과로 진학할지 문과로 진학할지를 결정할 때, 대학에 들어가기 전 전공을 정할 때, 취업 준비를 할 때, 건망증이 심한 팀장이 저지른 실수를 뒤집어써서 퇴사를 고민할 때, 심지어 지금까지도 나를 자주 시험에 빠뜨리는 질문 때문이다.

———

"좋아하는 일을 해야 하나요? 잘하는 일을 해야 하나요?"

———

일생일대에 다시 오지 않을 듯한 선택의 순간이 왔다고 유난을 떨며 몇 날 며칠을 끙끙 앓게 만드는 질문. 인류 종말을 예고하면서 악당이 준비한 폭탄을 앞에 두고 빨간 선을 끊을지 파란 선을 끊을지 고민하느라 진땀을 빼는 영화 속 주인공처럼 그 질문 앞에서 나는 한없이 초조해졌다. 잘못 선택하면 펑! 폭탄 터지듯 큰일이 벌어질 것 같아 안절부절못했다. 그러나 노포 장인들에게 '좋아하는 일과 잘하는 일 중 하나를 선택하는 문제'는 크게 중요해 보이지 않았다. 우린 액션 영화의 주인공도 아니고 잘못 선택한들 폭탄을 터뜨릴 악당이 있는 것도 아니니까.

∞∞∞∞∞∞∞

이 년 전쯤 서울 곳곳의 매력적인 골목과 노포 등을 꿰뚫고 있는 김 선배가 종로 3가 옛 피카디리극장 뒤쪽 구석진 길 끝에 있는 김밥집으로 나를 안내했다. 앉을 자리가 두세 테이블밖에 없을 정도로 협소해서 일행이 아니라도 손님들이 서로 합석할 수밖에 없는 공간이었는데 나는 그곳에서 김밥계의 스티브 잡스를 영접하고야 말았다.

종로의 얽히고설킨 골목을 걷고 또 걸어야만 도착할 수 있는 곳에 김귀엽 할머니가 이름과는 달리 아주 시크하게 고추김밥을 툭툭 썰어 내주시는 분식집이 있다. 오후 세 시부터 떡볶이 딱 한 판만 만들어 40인분만 팔고 미련 없이 문을 닫는 곳. 떡볶이 마니아들에겐 입소문이 자자한 곳.

김귀엽 할머니가 만드는 고추김밥의 매운 맛은 클래스가 다르다. 그동안 먹은 매운 라면, 매운 돈가스, 매운 치킨이 그냥 커피면 김귀엽 할머니의 고추김밥은 티오피. 어묵 국물은 거들 뿐이다.

할머니의 매운 맛은 순간 훅 치고 들어왔다가 훅 빠진다. 심플하다. 스트레스를 풀겠다고 매일 밤 불닭볶음면을 먹고 난 뒤 위장을 부여잡고 밤새 뒹굴다가 다음 날 꼭 화장실에서 피를 보던 나의 지난날들이 무색해지는 맵고도 간결한 맛이여.

역시 분식의 애플, 김밥계의 스티브 잡스는 혁신 그 자체였다. 나는 고추김밥을 먹으며 소리 없는 탄성을 질렀더랬다.

협소한 테이블 앞에 앉아 고추김밥을 돌돌돌 말아 칼로 툭툭 자르는 할머니의 군더더기 없는 움직임을 보고 있노라면 맛에서는 어떠한 타협도 없으리라는 단단한 마음새가 엿보인다. 오후 세 시에 만든 떡볶이 한 판이 동나면 깔끔하게 문을 닫는 한결같은 심지까지.

◇◇◇◇◇◇◇◇◇

그러고 보면 노포 장인들의 내공이 쌓인 음식들이 하나같이 갖고 있는 공통점은 '간결한 맛'이 아닐까? 오랜 시간 맑고 깊은 맛을 내는 비결은 아무리 생각해도 힘주기가 아닌 힘 빼기의 영역에 있는 듯 보였다.

역시, 잘하는 것을 오래 하는 데 화려한 기술이나 편법 같은 건 필요 없다. 오로지 '힘을 줘야 하는 데선 힘을 주고, 힘을 빼야 하는 데선 힘을 뺀다'일 뿐. 간결하지만 깊은 맛은 힘을 줬다가 빼는 순간, 즉 치고 빠지는 타이밍에 나온다.

TV 인터뷰에서 "내가 실컷 쉬고 나면 손님한테 더 맛있게 해줄 수 있지. 내 몸이 편하면 아무래도 신경 써서 해주니까. 내 몸이 피곤하면 아무리 한다고 해도 정성스럽게 못 해요"라고 김귀엽 할머니가 말씀하셨다. 가게를 운영할 때도 쉬어야 할 땐 쉬고 일해야 할 땐 일한다. 과연, 치고 빠지기의 영역인 것이다.

◇◇◇◇◇◇◇◇◇◇

내 인생에도 치고 빠지는 타이밍의 맛이 필요하다. 좋아하는 일을 할지 잘하는 일을 할지, 앞으로 어떻게 살아야 할지 넬모레 90세를 앞둔 우리 할머니에게 물어보면 돌아오는 답은 늘 같다.

———

"하고 싶은 대로 해야 쓰지 않겄냐잉. 사람 죽으란 법 없고, 계속하다 보면 어떻게든 살길이 나타나는 법

이제, 다 지가 허는 만큼 지 팔자 타고난당께."

———

그러면서 지갑은 크게 열수록 그만큼 돈이 들어오니,
이번에는 이 늙고 힘없는 할미에게 지갑 한번 크게 열어
보는 건 어떻겠냐는 말까지 덧붙이신다. 용돈 달라는 말
씀을 이토록 민망하지 않고도 기가 막힌 타이밍을 잡아
말할 줄 아는 할머니. (어느새 지갑을 열고 있는 나를 발견한
다.) 손주의 신뢰와 용돈을 동시에 얻어가는 지혜의 왕.

✕✕✕✕✕✕✕✕

김귀엽 할머니나 낼모레 90세를 앞둔 우리 할머니를
보며 생각했다. 무엇보다 중요한 건 '앞뒤 재지 말고 그저
가던 길이나 가는 것'이라고. 죽이 되든 밥이 되든 하다 보
면 할머니들 말처럼 새로운 길이 나타날지도 모른다.
좋아하는 일을 하던 사람에게는 일을 더 좋아하게 되
는 계기가 찾아오기도 하고(좋아하던 일이 싫어지는 경우가

제일 많지만……) 잘하는 일을 하던 사람에게는 잘하던 일이 좋아지는 순간이 올지도 모른다. 좋아하는 일이든 잘하는 일이든 우직하게 가다 보면 나에게도 당신에게도 오랜 시간 맑고 깊은 맛을 내는 순간이 찾아오리라 믿는다. 그래서 오늘도 나는 꼼수 부리지 않고 할 수 있는 만큼만 한다. 힘을 줘야 할 땐 힘을 주고, 힘을 풀어야 할 땐 힘을 풀면서. 그렇게 내가 원하는 인생에 조금씩 가까워지고 있다고 믿는다.

하지만 누군가 나에게 좋아하는 일을 해야 하는지, 잘하는 일을 해야 하는지 묻는다면 나는 이렇게 답해주고 싶다.

"좋아하는 일을 하든가, 잘하는 일을 좋아하든가, 둘 중 하나인 게 속 편하고 좋습니다."

간결하지만 깊은 맛의 비결은
힘 빼기에 있습니다.

정성을 들여야 할 사람은
따로 있다

──────── 세상에 나쁜 경험은 없다. 대학을 갓 졸업하고 연봉 1600만 원을 13개월로 나누는 출판사에 입사한 뒤로 울고 싶어질 때마다 내가 되뇌었던 말이다.

100만 원이 조금 넘는 한 달 월급을 받으면서 야근을 밥 먹듯이 했다. 밤 열두 시가 넘어 집에 들어가는 일이 예사였다. 희한하게도 편집자로 입사했다 생각했는데 일은 디자인 팀 대리님이 시켰다. 도무지 영문을 알 길이 없는 업무를 자주 떠맡았는데 "이게 뭐예요?", "어떻게 하는 건지 설명해주세요", "그런데 이걸 왜 하는 거예요?"라고 물어보면 정색하며 그냥 하기나 하라는 답이 돌아왔다.

일의 목적이나 방향을 상세히 설명해줬다면 나 또한 빠른 시간 내에 잘 처리할 수 있었을 텐데, 상사라는 위치에 있는 사람들은 왜 알려주기를 한결같이 성가셔할까. 일을 알려주는 건 귀찮아하면서도 별로 알고 싶지 않은, 이를테면 자기 친구가 어느 대기업의 높은 자리를 차지하고 있다거나 자기가 술을 얼마나 잘 마시는지 같은 걸 떠벌리는 건 또 엄청 좋아했다.

처음에는 잘 몰라서 일을 개판으로 했고, 나중에는 요령이 생겨 얼렁뚱땅 했다. 어떤 일이든 열심히 잘해보겠다는 신입에게 자신이 해야 할 일까지 떠넘기는 약삭빠른 사람을 내 선에서 단호하게 처리하는 가장 효과 좋은 방법이라고 생각했다. 그런 식으로 떠맡는 일은 대개 손이 많이 가는 귀찮은 업무인 경우가 많아서 받자마자 대충 처리한 다음 상대방에게 일찌감치 피드백을 받는 게 나았다. 오랜 시간 붙잡고 있을 만큼 중요하지도 않고, 열심히 해봤자 "어렵지도 않은 걸 왜 이렇게 오래 갖고 있어?"라거나 "이렇게까지 할 필요가 없는 일이야"라고 면박만

당할 뿐이다. 회사에는 시간을 들여야 하는 일 따로 있고, 정성을 들여야 하는 사람 따로 있다.

아침에 출근해서 내가 시간을 가장 많이 들이는 일은 메일 쓰기다. 메일은 업무 관계자들 간의 의견을 취합해 잘 정리하고 일정을 조율해 일이 원활하게 돌아가게끔 만드는 가장 기본적인 수단이자 나라는 '일하는 사람'의 첫인상이다. 출판 시장이 흉흉하지만 이번에는 꼭 재미있고 인기도 있는 책을 만들어보자고 작가에게 호기롭게 계약서를 들이미는 내 메일에는 매번 복숭아꽃이 흐드러지게 핀다. 작가, 디자이너, 마케터가 도원결의하는 현장이다.

――――

"우리가 비록 성은 다르오나 이미 의를 맺어 형제가 되었으니, 마음과 힘을 합해 독자들을 도와 작가에게 인세로 보답하고 작업자들을 인센티브로 편안케 하고, 한 해 한 달 한 날에 태어나지 못했어도 한 해 한 달 한 날에 무사히 서점에 책이 출간되기를 원하니, 나무와 CMYK의 신령께서는 굽어살펴, 의리를 저버리고 은혜를 잊는 자가 있을지언정 책만큼은 그저 잘 팔리게 해주소서."

———

시간과 정성을 들인 메일에 무응답인 경우가 훨씬 많지만 마찬가지로 시간과 정성을 들인 답변이 올 때는 이 일에 보람을 느낀다.

일하는 현장에서 만나는 사람들은 어떤 면에서는 모두 스승 같다. 작가든 디자이너든 마케터든 서점 관계자든 인쇄소 기장님이든 옆자리 편집자 동료든 능력이 의심스러운 상사든 누구든. 배울 건 빠짐없이 배우고, 배우지 말아야 할 일은 절대 배우지 않아야 함을 배운다. 그러고 보면 세상에 나쁜 경험은 없다. 하지만 웬만해선 경험하지 말자. 독이 득이 될 때가 있긴 한데 굳이 독을 감당할 필요는 없다. 달면 삼키고 쓰면 뱉는 것이 인생의 답!

진짜 홈런은
무조건 롱런

─────── 경력이 수십 년 차인 드라마 작가를 만났다. 첫 만남을 가진 자리에서 "작가님, 안녕하세요"라고 인사했지만 헤어질 땐 '언니, 사랑해요'라고 속으로 고래고래 외쳤다. 한 분야에서 오랫동안 일한 사람에게서 느껴지는 기품이라는 게 정말 있는 것 같다.

작가님은 미팅 한 시간 동안 피가 되고 살이 되는 촌철살인의 조언들을 위트까지 겸비한 언변으로 짧고 굵게 해주셨다. 아직까지 기억에 남는 말이 두 가지 있다. 첫 번째는 "Next is never"다. 방송계에서 불문율처럼 여겨지는 말이 바로 이것이라는데, 가령 어느 PD가 "다음에

같이 작업해요"라고 한다면 그건 앞으로도 당신과 일할 일은 없으리라는 뜻이다. 그런데 그 말을 곧이곧대로 믿고 PD한테 연락이 올 날을 목이 빠져라 기다리면서 희망을 품는 순진한 사람들이 꼭 있다는 것이다. 방송국 사람들 참 잔인하네, 하고 생각하던 찰나에 작가님은 내 눈을 똑바로 보고 말했다. "그러니까 상대방의 의도를 명확하게 꿰뚫고 있어야 해. 안 그럼 당한다?" 어리바리하면 눈 뜨고도 순식간에 코도 베어 가고 눈알도 뽑아 간다는 말까지 덧붙였다. 소름이 돋았다. 그가 했던 말 중에 기억에 남는 두 번째는 "돈 없는 남자의 정절은 믿지 않는다"였다. 듣자마자 박장대소에 물개박수를 치면서 격하게 동의하던 와중에 이어진 말도 결코 잊지 못한다. 안간힘을 쓰며 이 바닥에서 결국 살아남았지만, 일에 대한 애정과 그에 마땅한 보수가 없었다면 자신도 진작에 때려치웠을 것이라는 이야기. 수십 년 넘게 드라마 대본 작업을 반복해온 사람의 말이었기 때문일까. 오래도록 마음에 남았다.

영화 〈벌새〉로 백상예술대상에서 여자조연상을 받은 김새벽 배우가 말했다.

───

"늘 연기를 잘하고 싶어요. 근데 그게 너무 어려운 일이라서 늘 밉거든요. 근데 저는 연기를 참 좋아하는 것 같아요. 이 자리에 제가 좋아하는 연기자 선배님들 다 계신데 이분들과 연기를 직접 만나서 할 수 있을 때까지 오래오래 잘 연기하고 싶습니다."

───

좋아하는 일. 그런데 너무 어려운 일. 그럼에도 오래오래 하고 싶은 일. 김새벽, 박미선, 송은이 등 화려하게 꾸미지 않아도 빛이 나는 사람들의 공통점을 드디어 찾았다. 그들은 모두 좋아하는 일을 오랫동안 좋아하고 싶어서 온몸으로 생을 밀고 나가는 사람들이었다.

Next is never. 일하면서 가끔씩 모든 걸 내려놓고 싶을 정도로 의지가 꺾일 때 이 말을 종종 떠올린다. 오래오래 좋아하고 싶으니까, 내가 좋아하는 이 일을 오래오래 해먹어야겠다고 다시금 의지를 다잡는다. 내 인생의 홈런은 바로 롱런이다.

백업은
필수

——————— 태초에 출근이 있었다. 취업하기 전에 어영부
영 끌고 있던 과외까지 잘린 뒤 터덜터덜 집으로 돌아오
는 길은 영원히 끝나지 않을 것만 같았다. 현관문 앞에서
출근하는 엄마 아빠한테 잘 다녀오시라고 꾸벅 인사하는
아침마다 백수인 나 자신이 하찮게 느껴져 이불 속으로
소리 지르며 뛰어들었다. 나이 든 부모는 일하러 가고 새
파랗게 젊은 자식은 놀고먹고 있다니. 남는 건 시간이고
부족한 건 돈뿐이던 시절, 창밖으로 또각또각 구두 소리
를 내며 급하게 길을 나서는 직장인들을 가만히 바라보
는 일을 소일거리로 삼기도 했다. 아이고, 오늘 지각하시
겠는데. 어머, 그쪽은 웬일로 일찍 나오셨나. 아, 부럽다

같은 말을 중얼거리며 다시 이불 속으로 뛰어들고는 으으으 소리를 질렀다.

수개월이 지나 영원할 것만 같았던 백수 생활을 청산했다. 신입 사원이 되고 나니 백수였던 내가 왜 백수 시절을 순도 100%로 즐기지 못했는지 한탄스러웠다. 사람의 마음이란 시종일관 간사하다. 출퇴근이 반복되는 삶이 한때는 즐거웠고 한때는 너무 괴로웠다.

아닌 게 아니라 입사 후 몇 년간은 어린 여자애라는 이유로 은근한 무시와 질타를 받기도 했기 때문인데 처음 만나는 자리에서 몇 살이냐, 직급은 없느냐부터 시작해 공부 좀 더 하셔야겠다고 비아냥거리거나 계약서에 사인 안 해줄 건데?라고 능청맞게 웃으며 사인하는 선생님들은 왜 하필 다 중년 남자였던가. 내가 어리고 여자라서 이따위 대우를 받는 게 아니길 간절히 바랐지만 남자 동료와 같이 간 미팅 자리에서는 다들 한결같이 공손하고 깍듯하게 존댓말을 쓰는 모습을 지켜보며 머릿속에서는 대환멸 파티가 폭죽을 터뜨렸다. 테이블을 확 엎어버리고는 뒤도 돌아보지 않고 저 출입문을 열고 당당히 나가고 싶은 마음이 굴뚝같았다. 현실은 입으로는 웃고 있으나 눈으로는 레이저빔을 쏘는 중.

아무튼 그래서 나는 얼른 삼십 대가 되길 바랐다. 머리는 싹둑 '똑단발'로 자르고 나이가 들어 보이는 옷차림을 하는 등 어려 보인다거나 여성스러워 보일 만한 여지는 최대한 제거했다. 많은 사람이 의외로 너무 쉽게 상대방의 겉모습에 속아 넘어간다는 걸 아주 잘 안다.

일 자체만으로 괴롭고 싶다. 나이나 성별 같은 이유로 스트레스를 받는 일은 이 세상에서 영영 사라졌으면 좋겠다고 생각했다. 그랬는데 정말이지 나이나 성별로 고통받는 단계는 넘어서게 되었다. 가만히 있다가 저절로 나이를 먹었기 때문일까 아니면 세상이 좋은 방향으로 조금 더 나아갔기 때문일까. 그것도 아니라면 역시 존버가 답이었던 걸까.

하지만 나는 또 다른 고통의 단계를 맞이하게 되었다. 바로 무기력이라는 무한궤도다. 도무지 일이 손에 잡히질 않아 업무 효율은 자꾸 떨어지고 대상포진에 걸려 가슴 아래쪽에 물집이 잔뜩 생겼다. 나는 내가 너무 유난스럽다고 생각하면서 번아웃증후군의 위력이란 실로 엄청난 것이구나, 감탄했다. 이 무기력증은 새벽녘 창백한 얼굴로 출근해 늦은 밤 누렇게 뜬 몸으로 퇴근하는 사람들을 집중적으로 노리는 듯하다. 어쩌면 야근과 절망을 먹고 번식하는 현대인의 전염병일지도 모를 일이고. 그 와중에 번아웃증후군에서 벗어나는 방법은 자신을 새로운 환경에 옮겨다 놓고 적응하느라 정신없게 보내는 것이라며 이직을 결심한 다음 여기저기 면접을 보고 다녔다. 하지만 결국 실패하고 회사에 휴가를 신청해 삼 주간의 일시 정지 시간을 가졌다. 그래서 무기력이 끝났냐 하면 딱히 그렇지도 않다. 무기력은 내 옆에 찰싹 붙어서 계속 함께하는 중이다.

◇◇◇◇◇◇◇◇◇

번아웃증후군은 평소에 나의 에너지를 백업해두지 않아서 닥치는 증상 같다. 일이라는 것에도 오르락내리락하는 컨디션 그래프가 존재해서 늘 의욕적일 수도 없고 늘 힘들기만 한 것도 아니다. 컨디션 그래프가 바닥을 찍고 있더라도 언젠가는 치고 올라가는 형세 역전의 때가 온다. 그때가 바로 백업한 에너지를 꺼내쓸 시점인 것이다. 그러니까 에너지 백업은 현대인을 괴롭히는 도시병으로부터 나를 보호하는 기본 수단일지도 모른다.

그래서 오늘도 힘을 덜 쓴다. 힘을 빼는 건 세상 모든 이치에 통달한 고수들이나 할 수 있는 일 같으니 나는 가지고 있는 힘의 절반만 쓰기로 한다. 무리하지 않고 내 일을 오랫동안 하기 위해서. 지금의 나를 돕는 건 과거의 경험이다. 시간을 들여서 커리어를 차곡차곡 쌓는다. 내 적성에 맞지 않는 것 같아도 적당히 기다리다 보면 언젠가 때는 온다. 그때를 위해 절반 정도 남은 오늘의 힘을 백업해놓는다.

화를 '잘' 내는
능력

─────── 모두에게 사랑받고 싶다. 한때는 이 세상에 나를 싫어하는 사람이 존재할 수 있다는 사실이 괴로웠다. 그래서 꽤 오랫동안 예스맨이었다. 무리한 요구를 하더라도 "네. 알겠습니다"라고 대답했다. 한번은 같이 일하던 사람이 "혹시 착한 사람 콤플렉스 있는 거 아니야?"라고 물었다. 무슨 소리냐며 길길이 날뛰었지만 내심 딱 잘라 아니라고 말하지 못하는 이 기분.

착한 사람 콤플렉스만큼 별로인 콤플렉스가 또 있을까. 내가 착한 사람이 아니라는 걸 알고서 묻는 거겠지 싶어 더욱 뜨끔했다. 정말 착한 사람한테는 "착하시네요"라고 말하지 착한 사람 콤플렉스가 있냐고 묻진 않을 것이다. 사실 내가 별로 착하지 않기도 하고.

사무실이 합정동으로 이전했다. 이사하기 전 건물 주변에는 오직 너른 들판뿐 그 흔한 카페 하나 없었다. 우리 집에서 회사까지 가려면 지하철역만 서른한 개를 거쳐야 했다. 물론 싫은 점만 있는 건 아니었다. 사무실이 두 개 층으로 나뉘어 있어 다른 팀과 얼굴 마주하고 부대끼지 않아도 된다는 건 사람을 별로 좋아하지 않는 나로서는 썩 반가운 점이었다. 하지만 서울에서도 노른자위에 속하는 합정동으로 사무실을 옮기면서 업무 공간이 대폭 좁아졌다. 모든 팀이 한 공간에서 복닥거리며 일해야 했고 듣고 싶지 않은 소음들도 하릴없이 공유해야 했다. 여러모로 불편을 감수해야 하는 일들이 추가되었고 배려심은 평화로운 직장 생활에 꼭 필요한 덕목이라는 생각도 새삼 들었다. 그러나 언제까지고 불편을 감수하기만 할 수는 없는 법. 배려심에도 한계가 있다는 사실을 깨닫는 날이 왔다.

착한 사람인 척하고 살면서 가장 곤란한 순간은 '화를 내야 할 때'인 듯하다. 그날은 내 안의 이너피스가 와르르 무너진 날이었다. 옆자리 동료와 업무 관련 이야기를 무심코 나누던 중이었다. 목소리를 낮추고 속닥거리는 대화가 누군가에게는 집중을 방해하고 신경을 거슬리게 하는 소음이었을 테다. 슬리퍼 끄는 소리가 점점 가까워지더니 "저기요" 하고는 날 부르는 소리가 들렸다. 뒤돌아보니 다른 팀 팀장이 서 있었다. 그는 잔뜩 굳은 표정으로 숨도 쉬지 않고 말했다.

———

"조용히 좀 하시죠. 할 얘기가 있으면 회의실 가서 하든가."

———

한순간 침묵이 흘렀다. 온 사무실이 우리 둘의 대화에 귀 기울이기라도 하는 양 쥐 죽은 듯이 고요했다. 조금 전까지 나와 대화하던 동료도 눈치를 보며 자신의 모니터

——— 너에게 안녕

로 슬그머니 시선을 옮겼다. 당황한 나는 얼굴이 벌게져 허둥지둥 죄송하다고 사과했다. 팀장은 슬리퍼를 신경질적으로 탁탁 끌며 제자리로 돌아갔다.

'지금 이 상황 뭐지?' 온몸의 피가 거꾸로 도는 기분이 들었다. 내가 맨날 방긋방긋 웃으며 "네네" 하니까 이젠 만만해 보이냐는 (피해망상에 가까운) 생각에까지 이르자 심장이 쿵쾅쿵쾅 뛰었다. 직장 내에서 쓸데없는 기 싸움에 감정과 시간을 쏟지 말자고 다짐하지만 이대로 가만히 있는 건 나 자신에게도 못할 짓이었다.

감정적인 어휘는 되도록 지양하되 당신의 어떤 말과 행동이 나에게 어떻게 다가왔는지 설명하는 문장을 서너 줄로 정리해 그에게 메시지를 보냈다. 솔직히 말해서 하고 싶은 말을 가장 뾰족하게 만들어 내가 받은 상처를 똑같이 돌려주고 싶었지만 그 또한 못할 짓이었다. 대신 화를 차갑게 응축시켜 마음 바깥으로 던져버린다. 얼음덩어리가 깨지듯 내 안의 부정적인 감정도 잘게 조각나 조금씩 사라질 테다. 이것은 직장에서 사람에게 받은 상처를 다루는 나만의 방법.

속으로 삼키고만 있지 않고, 내가 잘못한 것도 아닌데 괜히 사과하지 않고, 적절한 때와 장소에서 또박또박 잘못된 것을 잘못됐다고 말할 수 있는 용기를 갖고 싶다. 그건 분명 자기 자신을 사랑하는 사람만이 가질 수 있는 태도일 것이다.

그날 점심 우리는 커피 한잔 마시면서 다시 한번 서로 사과함으로써 깔끔하게 마음을 풀었다.

◇◇◇◇◇◇◇◇

화를 정확하게 낸다. 정확하게 고르고 고른 단어로 나를 설명한다. 그러면 상대도 알아준다. 화를 내는 것도 결국 관계 맺기의 한 부분인 것이다. 화를 참기만 해서는 안되는 이유이기도 하다. 화를 낼 때 정확한 언어로 나를 표현하면 타인도 자세를 고쳐 앉고 귀 기울여 들은 다음 제대로 된 사과를 한다. 목표가 명확한 화살은 과녁 정중앙

—— 너에게 안녕

으로 힘껏 날아가 꽂힌다. 명중이다.

하지만 날 싫어하는 사람이 있다는 사실을
여전히 자주 까먹는다.
아, 모두에게 사랑받고 싶다!

사랑받으려고 아무리 노력해도
어차피 둘은 날 싫어하고 일곱은 관심없고
한 명만 날 좋아합니다.

초능력 대신
초록력

─────── 지금 살고 있는 집은 이십삼 년 된 아파트다. 지금이야 시설이 노후화한 고령 아파트 취급을 받지만 우리 가족이 막 이사 왔을 무렵에는 이 도시에 얼마 없는 신축 아파트였다.

내가 기억하는 최초의 우리 집은 화장실이 집 바깥에 있었다. 한 칸짜리 반지하 방에서 온 가족이 모여 살을 맞대고 잠을 자야 했다. 다리를 배배 꼬며 참고 참다가 결국 이불을 걷어차고 뛰어나가 화장실 문을 벌컥 여는 깊은 밤이면 처음 본 새카만 고양이가 변기 위에서 고양이 세수를 하다 말고 깜짝 놀라 꼬리를 잔뜩 부풀려 경계하는 모습을 곧잘 맞닥뜨리던 집. 고양이도 나도 눈을 동그

랗게 뜨고 비명 한 번 못 지른 채 빳빳하게 굳어 그 자리
에서 서로 대치했다. 결국 나는 잠옷에 오줌을 지리고, 그
모습을 가만히 지켜보던 고양이는 유유히 내 옆을 지나
쳐 갔다. 이 년 뒤 화장실이 집 안에 있는 반지하로, 다시
이 년 뒤 방 두 칸짜리 일 층 빌라로 옮겼고 지금의 방 세
칸짜리 아파트로 오기까지 부모님은 악착같이 아꼈다.

치킨이나 피자, 과자나 아이스크림 같은 건 구경도 못
했다. 대신 엄마는 성인 한 명이 겨우 들어가는 좁은 부엌
에서 있는 재료만으로 뚝딱뚝딱 간식을 만들었다. 어느
날에는 나무 꼬챙이에 떡 네 조각을 끼워 기름에 튀긴 다
음 새콤달콤한 고추장 양념을 바른 떡꼬치가, 어느 날에
는 케첩과 고추장을 적당한 비율로 섞어 떡을 먼저 넣고
졸이다가 마지막에 송송 썬 파와 라면을 추가한 라볶이
가 동생과 나를 기다리고 있었다. 현관문을 열기 바쁘게
책가방을 내던지고 우리는 엄마가 만든 간식을 허겁지겁
먹어 해치우기 바빴다. 엄마가 "도나쓰"라고 부르던 튀김
도넛은 또 얼마나 달콤했나! 오늘 간식은 뭘까 고민하는

하굣길이 즐거웠다. 아이러니하지만 가난이 요리한 풍성한 식탁이었다. 친구들이 가봤다고 자랑하는 피자헛 따위 궁금할 새 없이 창의적이고 건강한 간식들이 어린 나의 오후를 채워주었다. 엄마는 엄마대로, 아빠는 아빠대로 각각 자신이 할 수 있는 최대한의 노동과 최소한의 소비로 아파트에 입주하게 된 것이다.

이사하던 날의 기억은 지금도 생생하다. 아빠는 나와 내 동생의 손을 꼭 잡고 엘리베이터에서 말했다.

———

"가슴이 울렁거리는데 이게 고소공포증 때문인지, 너무 기뻐서 그런 건지 모르겠다."

———

엄마는 여간해선 볼 수 없던 의기양양한 미소와 우렁찬 목소리로 이건 저기에, 저건 여기에 두라며 이삿짐센터 아저씨들을 진두지휘했다. 반지하 방에서는 내내 창백했던 엄마 얼굴에 꽃이 피었다. 그날 우리 넷은 다 함께 거실에 누워 자기로 했다. 처음으로 동생과 같이 쓰지 않아도 되는 방이 생겼지만 한껏 들뜬 표정으로 "오늘은 우리 모두 거실이란 곳에서 자볼까?"라고 하는 아빠에게 도저히 싫다고 말할 수 없었다. 좀처럼 잠이 오질 않았는데 베란다 밖에서 들려오는 개구리 울음소리 때문인지 깨끗하고 넓은 집에 살게 된 설렘 덕분인지 알 수 없었다.

<hr />

내가 걸음마를 막 떼고 동생이 이제 갓 젖을 떼던 시절 부모님의 꿈은 '내 집 마련'이었다. 집에 가기 위해 가파른 언덕길을 오르는 것도 지겹고 이 년마다 전셋집을 옮겨 다니는 것도 더 이상 할 짓이 못 된다고 여겼다. 불과 십여 년 만에 내 집 마련을 할 수 있었던 것은 정말 초능력의 영역이라고 나는 자주 이야기했다. 그런 내게 엄마는 버릇처럼 말했다. "바라는 게 있으면 입이 닳도록 자주 소리 내어 말해줘야 해. 그래야 진짜로 이루어져."

　　　　　　　　　　　—— 너에게 안녕

떠버리처럼 말만 그럴듯하게 하는 게 아니라 말한 만큼 실제로 최선을 다해 노력해야 충분히 일어날 가능성 있는 기적이 된다는 말까지 덧붙였다. 그 뒤로 지치고 힘이 들 때마다 소리 내어 희망을 이야기하며 전부 다 때려치우고 싶은 마음을 꾸역꾸역 삼켰다.

하지만 이제 나도 세상에는 노력만으로는 안 되는 일 천지라는 사실을 잘 아는 어른이 되었다. 노력이 우리를 얼마나 배신했는지도 너무 잘 안다. 최선을 다하면 실패하더라도 후회는 없을 거라던 거짓말을 믿지 않게 되었다. 노력한 만큼 후회하기 때문이다.

◇◇◇◇◇◇◇◇◇

며칠 전 퇴근하면서 맥주를 사 들고 휘적휘적 집으로 향하던 길. 집 근처 곳곳에서 푸르게 존재감을 과시하는 덩치 큰 나무들이 눈에 들어왔다. 새삼스럽지만 그 초록초록함에 놀랐다. 내가 시시한 어른이 되는 동안 이곳의 나무들은 이십삼 년 동안 덩치를 키우고 푸르름을 더하고 있었다. 반면에 나는 젊고 아름다운 지금 이 순간의 초록력 같은 것은 내팽개친 채 여전히 가능성 없는 일(이를테면 성공적인 연봉 협상이나 복권 당첨)에 쩔쩔매면서 실패와 실망에 자기 파괴를 일삼았다.

식물들은 계절의 변화를 묵묵히 받아들이고 자기 삶의 균형을 천천히 잡아나가는 듯 보이지만 어쩌면 그들 또한 혹서나 혹한 대비에 자주 실패하고 자주 성공하며 매년 진화해가고 있는 건 아닐까. 저 푸른 나무들도 수많은 시행착오를 겪으면서 뿌리를 단단히 하고 이파리를 풍성히 만드는 과정을 겪고 있을지도 모른다. 치열한 생존 싸움인 건 식물에게나 나에게나 마찬가지다. 차이가 있다면 이십삼 년 된 아파트에 뿌리를 내린 나무들은 눈앞의 계절에 집중해 힘껏 반응하고, 나는 먼 미래의 불확실한 성공만 바라보며 지금을 놓치고 있다는 것이다. 미래라는 추상적인 단어를 맹신하다 이대로 망할지도 모른다.

목표는 원대하지 않아도 된다. 작고 구체적일수록 좋

다. 작은 성취가 모이고 모이다 보면 나 또한 내 집을 마련하게 된다거나 하다못해 저 나무들처럼 싱그러운 사람 정도는 되겠지. 나는 내가 작은 실패들과 작은 성공들로 채워진 인생을 살길 바란다. 물론 작게 실패하고 크게 성공한다면 더 좋고.

노력이 필요 없는 행복도 분명히 있어.

나의
버럭 리스트

───── 수시로 선을 넘는 사람들이 있다. 그중에는 본인이 무례하다는 사실을 아주 잘 알면서 무례하게 구는 사람이 있고, 자신이 무례한 줄 모르고 무례하게 구는 사람이 있다. 전자는 전형적인 심보 고약한 유형이고 후자는 타고나기를 눈치가 없는 유형이다. 어느 쪽이든 살면서 절대 마주치고 싶지 않은데, 희한하게 언제 어디서든 꼭 한 번씩은 만나게 된다. 내 주변에는 말도 안 되는 부탁을 뻔뻔하게 하거나 상처 주는 말을 서슴지 않는 사람들이 유독 많았다. 한때는 '나한테 몰염치한 인간들을 끌어당기는 보이지 않는 힘 같은 게 있나' 싶어 자괴감이 들었다. 내가 만만하니까, 잘 웃어주니까, 쉬워 보이니까.

"똥파리가 왜 그렇게 꼬이는지 알아? 네가 똥이기 때문이야!"

똑똑하고 야무진 친구 현이 농담인 듯 진담 같은 말을 던졌다. 현의 등짝을 때리며 야, 그럼 너는 내 친구니까 너도 똥이냐 하고 꽥 따져 물었지만 내심 나는 문제의 원인이 전부 나에게 있다고 생각했다. '내가 물러터졌기 때문이야'라고 속으로 외치며 스스로를 탓했다. 하지만 비난의 화살이 완전히 엉뚱한 데를 향하고 있었음을 뒤늦게 깨달았다. 나에게 문제가 많아서 이상한 사람들과 자주 마주치는 줄 알았는데 실은 자기 처지만 우선시하는 무례한 사람들이 아주 많았던 것뿐이다. 인간관계에 서투른 것은 잘못이 아니다. 자기 비난을 할 필요는 없다.

인간관계에도 약육강식이 존재한다. 까칠하고 예민한 사람 앞에서는 알게 모르게 조심하게 되고, 착하고 무던한 사람 앞에서는 긴장을 푼다. 강한 상대에게는 약하고 약한 상대에게는 강하다는 '강약약강'이란 말이 괜히 나온 게 아니다. 강약약강 타입이 되고 싶지 않고, 나를 지키기 위해 부러 까칠하고 예민하게 굴고 싶지도 않다면 어떻게 해야 할까.

이럴 땐 관계를 아주 단순하게 바라봐야 한다. 원인과 결과, 문제와 해결책을 크게 고민하지 않고 도움이라곤 하나도 되지 않을 것 같은 사람들을 내 인생에서 밀어내는 절차를 간략하게 만드는 것이다.

인간관계 단순화 방식 중 하나는 버럭 리스트 만들기다. 버럭 리스트는 '상대방이 ○○○할 때 버럭 화를 낸다'는 목록인데 상당히 효과가 좋다. 특히 나 같은 경우에는 '동생에게 양보하라'는 주입식 가정교육을 받은 맏딸로서 적재적소에 화를 내는 방법을 깨우치지 못한 채, 그저 참고 참다 엉뚱한 타이밍에 분노를 폭발시켜 주변 사람들을 자주 어리둥절하게 만드는 사람으로 성장하게 되었다. 버럭 리스트가 나에게 특히 아주 유용하게 쓰이는 이유다. 어떨 때 화를 내는지 반복하여 상대방에게 인지시키면 나중에는 알아서 조심한다.

그런데 요즘은 오지랖 부려주는 사람에게

감사할 때가 있더군요.

버럭 화를 낸다고 썼지만 실질적으로 나는 침묵을 애용한다. "그건 잘못된 겁니다"라고 한마디 한 다음 굳이 근거를 들먹일 것도 없이 가만히 있다 보면 상대가 알아서 변명할 거리를 찾아 횡설수설 말을 늘어놓는다. 원래 말이 많을수록 불리한 법이다. 만에 하나 화를 내야 하는 상황이 오더라도 목소리를 낮추고 천천히 말한다. 쉬지 않고 빠르게 말하다 보면 나도 모르는 사이에 감정이 격해지지만 조용히 목소리를 낮추면 어느 순간 분노도 가라앉고 훨씬 더 단호해진다. 나의 버럭 리스트는 오늘도 계속해서 업데이트 중이다.

인간관계에서 밀당 같은 기교는 덜어내고 단순함을 늘린다. 단순할수록 정신 건강에 좋다. 단순화하는 데에는 버럭 리스트처럼 나만의 원칙을 세워놓는 것도 도움이 된다. 무척.

일하는 사람의
페르소나

───── 하루는 아이스 카페라테가 정말 맛있는 카페에서 동료들과 이런저런 이야기를 나누다가 "왠지 처녀자리일 것 같았는데 역시"라는 말을 들었다. 예상치 못한 별자리 덕후의 등장이다.

혈액형 성격 유형이나 MBTI, 타로, 사주 같은 걸 신뢰하지는 않지만 어째서인지 사회생활을 하다 보면 나에 대한 후한 평가가 듣고 싶어질 때가 있다. 당신은 밤하늘의 별 같은 존재로 혼자서도 반짝거리는 능력을 가지고 태어났다거나 이십 대 중후반부터 발복하여 시간이 흐를수록 많은 성취를 이루게 될 것이라는 등 성향이나 운세를 풀이해주는 이야기를 듣고 있으면 이상하게 마음

───── 너에게 안녕

이 편해졌다. 덤으로 자존감도 잠깐 높아진다. 누군가는 재미로 본다지만 나는 오로지 마음의 평온과 위안을 얻기 위해 동양의 오래된 통계학(인사동에 돗자리 깔고 앉아 있는 할아버지, 할머니가 봐주는 신년 운세를 선호함)에 돈을 지불한다.

별자리 덕후에게 처녀자리는 성격이 어떠냐며 웬만하면 장점 위주로 말해달라고 호들갑을 떨면서 부탁했다. 곰곰이 생각에 잠긴 듯하다 그가 꺼낸 첫마디는 "처녀자리는 유난히 집에서 신경질적이고 짜증이 많아요"였다. 차마 더 이상 입을 떼지 못했다. 사실이었기 때문이다. 잘 알지 못하는 사람에게는 한없이 친절하지만 "사람들이 이 언니 착하다고 착각하는 거 짜증나지 않냐?", "너는 마음 한구석 어딘가가 잔뜩 뒤틀려 있어서 좀 변태 같달까"라는 소리를 친한 친구들에게 종종 들었던지라 진심으로 뜨끔했다.

최근 들어 내가 맡은 여러 역할을 해내는 데 왠지 모

를 어려움을 겪고 있다. 가족과 있을 때는 내가 세상에서 제일 잘났다는 듯이 똑똑한 척 굴다가, 친구들 사이에서는 음담패설과 실없는 농담을 해서 구박받는 천덕꾸러기, 직장에서는 합리적으로 일하는 척 언제나 "네넵, 알겠습니다"를 입에 달고 사는 실무자……. 집, 친구들 사이, 회사에서 모두 다른 모습을 보이는 내가 위선적으로 느껴진다. 진짜 모습을 감춘 채 24시간 내내 거짓말하고 해명하는 데 시간을 쓰는 기분이 들었다. 아닌 게 아니라 가끔 역할에 혼돈이 와서 친구들에게나 들려줬어야 할 상스러운 농담을 직장에서 해버렸다가 분위기를 싸하게 만든 것도 한두 번이 아니다.

게다가 나도 아직 일에 능숙하지 못한 초짜인 게 분명한데 어느새 후배가 들어와서 이것저것 조언을 바랄 때면 얼마나 당황스러운지 모르겠다. 영원히 신입이고 싶다고 생각하는 건 아마 어떠한 것도 책임지고 싶지 않은 마음 때문이겠지. 나이는 가만히 있어도 저절로 먹는데 능력은 가만히 있으면 왜 후퇴할까. 억울한 감이 있지만 조금은 알 것 같기도 하다. 결정을 내리고 그에 마땅한 책임을 지는 일이 우리를 더 나은 어른으로 만든다는 것을 말이다.

◇◇◇◇◇◇◇◇

'언제 어디서 누구와 함께 있든 한결같은 나로 살아갈 수 없을까' 하고 생각하다 불현듯 우스워졌다. 퇴근 후 방에서 혼자 이상한 자세로 앉거나 누워 감자칩을 우걱우걱 먹으며 캔맥주를 들이켜는 게 진짜 나인가, 아무도 없는 집에서 음악을 크게 틀고 막춤을 추는 내가 진짜 나인가, 그것도 아니면 애절한 사랑 드라마 속 주인공이 되었다고 상상하며 거울을 보면서 눈물 즙을 짜내는 연기놀이를 하는 내가 진짜 나인가. (쭉 나열해놓고 보니 스스로가 너무 딱해서, 어느 모습도 내가 아니었으면 좋겠다는 생각이 든다.) 진짜 내 모습이 어떤 건지 헷갈리기 시작했다는 건 그만큼 내가 이 사회에서 다양한 자리에 놓여 있고, 그에 마땅한 소임을 다해야 하는 여러 위치에 있다는 뜻일 것이다.

　팀장, 팀원, 선배, 후배 등 장소나 경우에 따라 다른 역할을 해내야 하는데 자신의 포지션을 어디에 두어야 할지 갈피를 잡지 못할 때에는 관계를 구조 조정해보는 것도 괜찮다. 단, 이때 '좋은 사람'에 초점을 맞출 필요는 없다. 좋은 상사, 좋은 동료 대신 일 잘하는 상사, 일 잘하는 동료가 되자. 의사 전달과 업무 지시를 명확하게 하고 일 처리를 빈틈없이 하는 것, 단순히 좋은 사람으로만 남지 말 것, 다른 사람의 눈치를 보지 않고 아닌 건 아니라고 말할 것, 때에 따라 다른 자아를 드러내는 내 자신이 어색하고 겸연쩍더라도 그러려니 할 것. 일하는 사람의 페르소나라고 생각할 것.

정교한 제품일수록
유연하다

──── 십 년 넘게 좋아하고 있는 뮤지션이 있다. 어느 쇼 프로그램에서 진행자가 뮤지션에게 물었다. 콘서트 끝나면 기분이 어때요? 그는 대답했다. 공허해요. 공연장을 가득 채운 팬들의 함성 소리에 힘입어 노래 부르고 춤추고 난 뒤 아무도 없는 집에 돌아오면 너무 조용하죠. 불과 두세 시간 전까지만 해도 에너지와 열기가 가득한 무대 위에 있었던 게 맞나 싶을 정도로. 진행자는 팔자 눈썹을 하고 고개를 끄덕이고는 짐짓 공감하는 듯 되물었다. 속이 텅 빈 기분일 것 같네요. 공연 마치면 바로 집에 가는 걸로 유명하다 들었는데 집에 가서는 뭐하세요? 다음 날 오후까지 계속 잔다거나 취할 때까지 술을 마신다거

나…… 그러자 별거 있겠냐는 듯 그가 어깨를 으쓱하며
말했다.

———

그날 입은 옷을 빨래하고, 다 마른 옷은 개어서 서
랍장에 정리해요.

———

고요한 공간에서 정갈한 자세로 새하얀 티셔츠를 개
키는 모습은 상상만 해도 마음이 안정된다. 내가 생각한
장소에 내가 생각한 대로 가지런히 놓여 있는 물건들은
나의 일상을 온전히 내 힘으로 통제할 수 있음을 보여준
다. 누군가는 강박이라 말하지만 나는 일관성이라고 말
하는 것. 작가, 음악가, 운동선수 등 오랜 시간에 걸쳐 자
신에게 꼭 맞는 루틴을 찾고 몸으로 익혀 마침내 최고의
성과를 내고야 마는 사람들이 있다. 비가 오든, 눈이 오
든, 기분이 좋든 나쁘든, 영감이 떠오르든 떠오르지 않든
상황에 구애받지 않고 늘 똑같은 패턴을 유지하는 이들

은 언제나 멋있다.

대체 어떻게 사람이 저렇게 한결같을 수 있는지 천방
지축 어리둥절 엉망진창 돌아가는 하루를 보내는 나로서
는 앞으로도 영원히 이해하기 어려울 일이다. 내일 지구
가 멸망하더라도 오늘만큼은 먹고 싶은 거 실컷 먹고 자
고 싶을 때 맘껏 자면서 충만하게 살고 싶다고 버릇처럼
말하던 나지만 실은 루틴이 있는 삶이 가져다주는 안정
감을 간절히 원한 적도 있다. 언뜻 보면 평범한 하루처럼
보이는데 자세히 보면 작고 소소한 습관들을 여러 겹으
로 층층이 쌓아 올린 일상이 단단하게 자리 잡고 있으면
좋겠다고 생각했다.

정교한 제품일수록 잘 망가지고 사소한 충격에도 쉽
게 오류가 날까? 예민할수록 금방 지치고 단숨에 무너질
까? 글쎄. 내가 아는 루틴왕들은 수시로 오류가 나고 종
종 넘어지긴 하지만 언제 그랬냐는 듯 금세 평정심을 회
복한 뒤 원래 패턴으로 돌아가 끝끝내 해내고야 만다. 말

하자면 일정한 루틴을 가지고 매일 꾸준히 자기 할 일을 하는 사람이 돌발 상황에도 유연하게 대처하는 것이다.

흔히들 성공하기 위해서는 엄청난 노력이 필요하고 보통 사람들은 상상하기조차 어려운 의지력이 뒷받침되어야 한다고 생각한다. 하지만 진짜 필요한 건 일관성이었다. 작지만 숙달된 습관 체인들이 맞물려 쉬지 않고 움직이며 슬럼프 따위 거뜬히 넘기기도 한다. 강하다는 건 이런 것 같다.

언젠가 창의적인 사람들은 매일 새벽 네 시에 일어나 아침 일기를 쓴다는 말을 듣고 솔깃하여 한 달 동안 혼자서 아침 일기 쓰기 프로젝트를 진행했다. 새벽 네 시에 일어나려면 일찍 자야겠지 싶어 매일 저녁 아홉 시만 되면 침대에 누워 잘 준비를 했다. 저녁 아홉 시에 잠든 나는 평소 일어나던 아침 여섯 시 반에 눈을 떴다. 한 달 내내 그랬다. 결국 피부가 고와지고 컨디션만 왕창 좋아졌다는 웃기고 슬픈 전설.

◇◇◇◇◇◇◇◇◇

　뭐든지 오래 하다 보면 알게 되는 사실이 하나 있다. '할 수 있다'라는 것. 내 안에서 끓어오르는 열정을 제대로 다룰 줄 몰라 욕심만 잔뜩 내다가 페이스 조절에 실패하는 건 별로다. 내가 몸담고 있는 조직에서 정교한 제품으로 오래 남고 싶다.

저도 오래 하는 게 몇 개 있긴 합니다.

그건 출근과
연애랄까요

단단함은
디테일이 만든다

──── 평범해 보이는 작은 식당에 별생각 없이 들어가 제일 윗줄에 있는 메뉴를 주문한다. 물병을 가져다주면 자연스럽게 컵에 따라 한 모금 마시는데, 그게 생수가 아니라 보리차일 때 나는 좀 감동한다. 아무도 신경 쓰지 않는 사소한 곳까지 손이 닿지 않는 구석이 없을 것 같다는 생각이 들면서 마음이 안정된다. 정말이지 자세히 살펴보면 세월의 흔적만큼 닳은 식기들이 사장님의 방식대로 정돈되어 있고 밑반찬은 슴슴하여 주요리의 맛을 극대화하는 보조 역할을 톡톡히 한다. 숨은 맛집이다. 화려하지 않은 식사지만 어느새 한 그릇이 뚝딱 비워져 있다. 시끄러운 세상을 등지고 초야에 은둔하는 고수의 얼굴을

하고 앞쪽 테이블에 앉아 TV를 시청하는 식당 주인에게 쑥스러움을 견디고 밥을 더 달라고 하면 추가 비용 없이 그냥 내어준다. 이런 곳은 혼자 오든 둘이 오든 크게 부담이 없어서 다음에 또 들르게 된다.

우리 집은 몇 년째 대여해서 사용하던 정수기를 반납하고 구태여 물을 끓여 마시는 생활을 하고 있다. 사람 머리통만 한 주전자에 수돗물을 가득 채우고 보이차를 조각내 넣어 팔팔 끓인다. 처음 끓인 물은 버리고 두 번째로 충분히 끓인 주전자를 베란다에 내놓고 식힌 후 물병에 나눠 담으면 세 통 정도 나온다. 물병 세 통이면 온 가족이 대략 일주일 동안 마시는 양인데, 먹고사는 일에 유독 힘이 빠지는 주에는 보이차 부족 사태가 발생하기도 한다. 처음에는 물을 끓여 마시는 일이 너무 번거롭게 느껴졌다. 목이 마를 때 입구에 컵을 갖다 대기만 하면 차가운 물이 언제든 쪼르륵 나오는 세상 편리한 정수기가 있는데 굳이 낑낑대며 주전자를 이리저리 들고 다니고 여기저기 물통에 옮겨 담아야 할까 싶었다. 하지만 이제 나

—— 너에게 안녕

도 귀찮다고 투덜거리면서도 기어이 가스레인지 불에 주
전자를 올리는 사람이 되었다. 보이차를 끓이는 일은 복
잡하지도 않고 그다지 어려운 일도 아니다. 하지만 정수
기 물을 마시거나 생수를 사 마시는 것보다 훨씬 품이 드
는 일이기도 하다.

동갑내기의 잘생긴 외국 남자와 사랑에 빠지는 상상
을 한창 하던 시기가 있었다. 그 무렵 시트콤 〈프렌즈〉를
보느라 밤낮 구분 없이 폐인처럼 시간을 보내곤 했는데
외국어를 공부하려면 동사보다 형용사를 먼저 외우는 것
이 좋다는 이야기를 어디선가 들었다. 여행 가서 현지인
에게 무언가 물어봐야 하는 상황에 맞닥뜨렸을 때 동사
는 보디랭귀지로 충분히 표현할 수 있기 때문이다. '나는
간다', '나는 원한다', '나는 먹는다' 등 손짓과 발짓을 끌
어모아 물어보면 상대방이 귀신같이 눈치채고 손짓과 발
짓으로 친절히 알려주는 기적 같은 경험을 여행지에서
해본 뒤 나는 그 말에 열렬히 동의했다. 반면 형용사는 몸
짓으로 설명하기 너무 어렵다. 어떻게 해도 충분하지가

않다. 하지만 그만큼 형용사는 우리의 일상을 훨씬 풍성하게 만들어준다. 아름답다, 쓸쓸하다, 슬프다, 행복하다 같은 형용사로 섬세하게 나를 표현하는 일은 내가 나와 관계 맺는 가장 기본적인 방법이 아닐까.

가끔 우리는 자신이 속하지 않은 집단이나 자신과 관계없는 사람을 너무 쉽게 단순화해버린다. 소설 『백의 그림자』에서는 사람이 아직 살고 있는 전자 상가를 철거하는 광경을 목격한 남자 주인공이 이런 말을 한다. "언제고 밀어버려야 할 구역인데, 누군가의 생계나 생활계, 라고 말하면 생각할 것이 너무 많아지니까, 슬럼, 이라고 간단하게 정리해버리는 게 아닐까."

쉽고 편한 것을 경계한다. 생활을 단순하고 편리하게 만들어주는 기술이 우리의 삶을 정말 윤택하게 만들어줄까. 복잡한 문제를 차별 없이 해결하는 능력, 타인을 배려하고 함께 잘 살기 위한 복지가 무엇인지 머릿속에 그려보는 상상력을 축소시키는 건 아닐까 의심한다. 느리고 불편한 것을 조금도 참지 못하게 되는 건 아닌지 걱정도 된다. 쉽고 편리한 기술의 혜택은 정상이라는 범주 안에 속한 사람들만 누릴 수 있으니까. 섬세한 구별 없이 정상과 비정상, 장애와 비장애, 여성과 남성, 보수와 진보 등 이분법으로 간단하게 정리해버리는 건 좀 아니지 않나.

보리차를 손님에게 내어주고, 집에서 직접 물을 끓여 마시는 건 형용사와 닮았다. 살아가는 방향과 방식을 섬세하게 나눌수록 단단해진다. 나의 생활에 디테일한 요소를 한두 가지씩 더해주는 건 아름답고 쓸쓸하고 슬프고 행복한 삶, 즉 나다운 삶을 살 수 있게 도와주는 일이라고 믿는다.

이 언니들의 조언은
찐이야!

———— 잘 산다는 것은 무엇일까.

이 질문은 불과 몇 년 전까지 나의 주된 화두였다. 직장에서는 연차가 쌓여갈수록 여자 상사가 보이지 않았고 TV에서는 유재석, 박명수, 정준하, 신동엽과 같은 중년 남성들이 예능판을 짜고 있었기 때문이다. 나에게 이런저런 업무를 가르쳐주던 사수나 동료들은 어느새 결혼하면서 혹은 출산하면서 자연스럽게 모습을 감췄다. 그렇다. 경력 단절이다.

한때 범죄를 저질러 "국민 여러분께 실망을 안겨드려 죄송합니다"라고 말하며 방송 중단을 선언했던 강호동이나 이수근 같은 개그맨들이 예능 프로그램에서 슬금슬금 모습을 비치더니 이제는 채널을 돌릴 때마다 등장한다. 게다가 본인이 진행하는 프로그램에 손님으로 초대한 연예인들에게 애교나 춤을 보여달라는 요청은 놀랍게도 십 년 전과 별반 다를 바 없다. (십 년이면 강산도 변한다던데 대한민국 예능은 이토록 게으르고 창의성이 없다.) 앳된 얼굴에 다소 과한 메이크업을 한 어린 연예인이 요청에 따라 애교를 부리고 춤을 추면 환호성을 지르고 손뼉을 치지만, 여성 코미디언이 애교를 부리고 춤을 추면 정색하거나 당장 나가라며 무안을 줌으로써 시청자들의 웃음을 유도한다. 뜬금없는 순간에 애교나 춤을 보여달라는 요청은 물론이거니와 외모나 나이를 기준으로 다른 리액션을 보이는 것까지 무례함투성이다.

사회생활을 하면서, TV를 보면서 이유 모를 불안함과 절망감에 자주 우울해졌다. '나도 결혼하거나 아이를 낳게 되면 사회에서 아웃되는 걸까. 그럼 그간 쌓은 업무 능력과 차근차근 올린 연봉은 어떻게 되는 거지'라든지 '나이 먹은 배우는 엄마 역할만 하게 되는 걸까, 나이 먹은 여성 코미디언은 어디로 갔을까, 못생긴 연예인은 왜 늘 놀림거리가 되어야만 할까'와 같은 질문이 머릿속을 어지럽혔다. 결혼도 안 한 채로 직장 생활을 하면서 나이를 먹는다면?

◇◇◇◇◇◇◇

롤 모델의 부재.

머릿속을 어지럽히고, 나를 불안 속으로 밀어 넣었던 감정과 질문은 롤 모델의 부재라는 데서 출발한 것이 아닐까. 가부장제 위로 쌓아 올린 사회 시스템은 툭 치면 금방이라도 무너질 듯한 모래성처럼 위태로워 보였다. 부모님 세대의 경우 어머니들은 정규교육의 대상이 되는 기회를 얻지 못하는 일이 태반이었으며 전업주부가 되는 걸 당연한 과정으로 인식해 남편을 섬기고 자식을 잘 키워내는 현모양처는 그들의 인생 미션이었다. 그 뒤를 잇는 세대는 대학을 졸업하고 번듯한 직장에 들어가도 결혼 및 출산과 동시에 어쩔 수 없이 사회에서 밀려나는 수

————— 너에게 안녕

순을 밟았다. 소설『82년생 김지영』이 국내에서 백만 부 이상, 일본에서 13만 부 이상 팔리는 큰 반향이 일어난 것은 결코 우연이 아니다.

그래서일까? 재작년 KBS와 MBC에서 이영자가 연예 대상을 수상하고 작년에는 MBC에서 박나래가 연예대상을 수상하는 장면을 보면서, 그 외에도 송은이, 김숙, 최화정이 활약하는 방송을 보면서 마음껏 웃었고 또 위안을 받았다. 그건 '나이 든 여성이 사회에서 영향력 있는 활동을 할 수 있다'는 가능성을 보았기 때문일 테다. 한국에서도 가능성과 기회가 있을지도 모른다는 희망이 거기에 있었다. 각종 미디어에서 나이 든 사람들이 어떤 역할을 차지하는지 보여주는 일은 얼마나 중요한가.

◇◇◇◇◇◇◇◇◇

얼마 전 JTBC에서 방영했던 예능 프로그램 〈캠핑클럽〉을 다시 봤다. 1세대 아이돌 그룹인 핑클이 데뷔 이십

일 년 만에 다 같이 모여 캠핑을 떠난다는 기획이었다. 핑클이 다시 모여 방송하는 모습이 반가웠다. 왕년에 인기가 많았던 여배우나 여자 아이돌 가수가 오랜만에 방송에 모습을 드러내는 경우 대개 아기 엄마의 역할을 여실히 보여주는 데 한정되어 있고 나 또한 그런 모습에 아주 익숙했는데 웬걸, 핑클은 아기도 남편도 없이 방송에 나와 19금 드립을 치거나 당시 유행한 본인들 노래의 가사를 다시 읊으며 "싸대기를 때린다, 바람피운 내 남자친구는 너나 가져"라며 직언을 하는 등 한층 더 자유로워 보였다.

오다리, 숏다리, 통다리라며 이전까진 감춰왔던 본인들의 콤플렉스를 거리낌 없이 말하거나, 이효리가 이진에게 "여유를 좀 가져"라고 말하는 장면은 그 자체로 편안해 보였다. 솔직하고 편안한 그들의 모습에 시청자인 나도 덩달아 편안해졌다.

상대방을 헐뜯고 결함을 비아냥거리며 흑역사를 들

취내면서까지 웃음을 유도했던 그동안의 예능 프로그램에서 좀처럼 느껴보지 못한 편안함과 자유로움이었다. 그래서 나는 〈캠핑클럽〉을 예능계의 청정 구역이라고 표현하고 싶다.

연애 문제나 사회생활 문제나 인간관계 문제 등에서 진짜 조언다운 조언을 해줄 수 있는 건 '언니들'뿐이라고 생각한다. 핑클 언니 말고도 내가 사회에서 만난 언니들은 "저 사람 조심해라", "회식 자리는 굳이 2차까지 갈 필요 없으니까 1차에서 고기만 실컷 먹고 빠져라", "영양제는 이게 좋은데 공구하자"와 같이 살아가는 데 진짜로 도움이 되는 이야기만 해줬으니까.

언니들의 조언은 늘 새겨들어야 한다. 〈캠핑클럽〉이라는 예능이 새삼 소중하게 다가왔던 이유다.

월요일에는
빵을 먹는 것이 좋다

──────── 내가 좋아하는 건 집과 빵이다. 밤식빵 모양의 전원주택을 짓고 지난해 마당에 심은 금귤이나 블루베리로 잼을 만든 다음 직접 만들어 방금 막 구워져 나온 빵에 발라 새하얀 접시에 투박하게 담아서 올리브색 소파 위로 가져가 아무렇게나 앉는다. 빵을 먹으며 어제 읽다 만 책을 펼친다. 그리고 동네 카페에서 사온 원두를 갈아 정성껏 내린 커피를 곁들이는 것이다. 그런 삶을 꿈꾼다. 하지만 전원주택은커녕 방 두 칸 딸린 내 집 마련도 상상하기 어려운 나는야 한국의 평범한 직장인. 매달 학자금 대출 원금과 이자를 갚기도 빠듯한 출판사 편집자다.

월요일은 빵으로 시작하는 게 좋다. 특히 마감을 앞두고 있다면 빵을 고르는 기준이 몇 배로 날카로워진다. 오늘 먹는 이 빵이 나를 오타로부터 구원해주기를 바라며, 어느 때보다 섬세한 손길로 빵을 엄선해 쟁반 위에 옮겨 담는다. 카스텔라, 머핀, 밤식빵을 고르는 날에는 우유를 같이 주문하고 크루아상, 바게트, 크림치즈 베이글을 고르는 날에는 따뜻한 아메리카노를 같이 시킨다.

한동안은 브라우니에 푹 빠져 있었는데, 맛도 맛이지만 브라우니의 탄생 비화가 머릿속을 맴돌아서이기도 했다. 뱅고르라는 사람이 어느 날 초콜릿 케이크를 만들면서 깜빡하고 이스트를 넣지 않았다. 이스트가 빠진 케이크는 부풀어 오르지 않았으니 그대로 쓰레기통으로 향할 운명. 그런데 케이크를 버리기 직전 "생김새가 영 볼품없구먼" 하며 시큰둥하게 한 입 먹었는데, 쫀득하면서도 촉촉한 맛이 예상외로 훌륭했던 것이다. 덕분에 오늘날 우리가 브라우니를 맛볼 수 있게 되었다. 이스트를 빠트린 실수가 브라우니를 만들고, 당연히 실패작이라고 생각했던 빵이 새로운 메뉴가 되었다는 먼 옛날 누군가의 경험

빵은 마음의 양식입니다.

이 너무나 마음에 든다.

실수와 실패를 반복하던 내가 사실은 무척 맛있는 브라우니였다고, 아직 다른 누군가가 나의 쫀득한 가능성을 발견하지 못했을 뿐이라고 말해주는 듯해서 빵을 먹을 때마다 위로를 받는다. 세상에서 가장 배부르고 폭신폭신한 다정함이다.

적당한 인생만큼
지루하고 따분한 삶은 없으리라 믿었다.
지금은 생각이 조금 다르다.
적당히 가늘고 긴 일상이야말로 큰 행운이다.

어쩌면
나를
견디는 일

stet

○

걱정하는 마음은 서로를 연결한다.

그건 아마 연대라는 말로

대신할 수 있을 것이다.

사회적
혼자 두기

──── 초여름 장맛비가 추적추적 내리던 퇴근길, 버스에서 내려 우산을 펼치려던 찰나 에코백 안에서 진동이 느껴졌다. 아빠의 전화였다. "비도 오고 소주 한잔하고 싶은데, 우리 딸이 오늘 아빠한테 귀한 시간 좀 내줄 수 있을까?" 핸드폰 너머로 들리는 넉살 좋은 목소리가 왠지 쓸쓸하게 느껴졌고, 몇십 분 뒤, 우리는 각자 앞에 김이 모락모락 나는 추어탕 한 그릇씩을 놓고 소주잔을 기울이게 되었다.

◇◇◇◇◇◇◇◇◇

추어탕은 내가 제일 싫어하는 음식 중 하나였다. 일단 음식 이름에 '추' 자가 들어간다는 게 영 마음에 들지 않았고, 재료로 들어가는 미꾸라지는 상상하는 것만으로도 혀끝에 비린 기운이 느껴졌다. 그러다 몇 년 전, 1박 2일 회사 워크숍을 마치고 꾀죄죄한 모습으로 김 선배를 만나 연희동의 오래된 식당에서 추어탕을 먹고 첫술에 나는 그만 감탄해버린 것이었다.

"이렇게까지 깊은 맛을 낼 줄이야. 추어탕을 먹지 않은 그간의 세월이 아깝다"는 내 말에 선배가 웃었던가. 나는 배가 고플 대로 고픈 상태였고 말이 워크숍이지 실상 화합을 빌미로 대표의 한탄을 들어주는 자리에서 1박 2일씩이나 보냈으니 지칠 대로 지쳤던 게 사실이었다. 그런데 이게 웬일, 추어탕 한 그릇에 대표의 한탄, 상사의 진상, 관심 1도 없는데 억지로 들어줘야 하는 동료의 연애담 등으로 얼룩진 내 속을 미꾸라지가 시원하게 훑고 지나갔다. 추어탕 당신은 위대한 음식! 나는 최초로 추어탕을 만든 사람과 비린내를 감쪽같이 없앨 줄 아는 식당

주인을 존경하는 마음으로, 마지막까지 싹싹 긁어 먹었
더랬다.

〰〰〰〰〰

집 근처, 아빠가 자주 가는 단골 추어탕 가게에서 각
자 잔이 빌 때마다 서로 말없이 술을 채워주었다. 유리문
에 맺힌 빗방울들이 사선으로 세차게 흘러내렸다. 다닥
다닥 붙었다가 흘러 떨어지는 모습이 몸집이 가벼운 희
망 같기도 하고 끈질긴 절망 같기도 했다. 슬퍼할 것도
기뻐할 것도 없다는 듯 비가 쏟아졌다.

친구랑 자주 오는 곳이라고 맑게 웃다가 이내 가격이
천 원 올랐다며 짙은 눈썹을 꿈틀대던 아빠는 술잔을 들
어 올리다 말고 조용히 한마디 뱉었다.

"한 달 정도, 아무도 없는 데서 혼자 살고 싶은 기분이
들 때가 있다."

── 너에게 안녕

서른이 넘었는데도 아직까지 독립하지 못했다는 사실에 자격지심으로 똘똘 뭉쳐 심사가 뒤틀릴 때마다 자주 하던 생각이고, 살림살이에 지친 엄마가 종종 소리 지르듯 했던 말이기도 했는데 아빠한테 들으니 새삼 낯선 단어, 혼자.

전 세계를 강타한 전염병으로 높아진 불안감이 사회적 거리 두기로 이어지고 그제야 고독을 버티는 각양각색의 방법들을 공유하고 있다지만, 가족들 틈에서 나 자신을 혼자 두는 시간은 또 다른 이야기 같았다.

오직 혼자일 수 있는 자유에는 얼마큼의 가격이 매겨질까. 그건 월세 혹은 전세라고도 불리고, 서울권 혹은 수도권이라고 불리고, 역세권이라고도 불리며, 원룸이나 투룸이라고 불리기도 한다. 바람이 통하지 않을 정도로 건물이 빼곡하게 밀집한 동네에 있는 다세대주택의 작은 공간에서 에어컨 없이 한여름 더위를 버티다 못해 염치 불고하고 친구 집으로 뻘쭘해하며 피신할 수밖에 없는 젊은이들이 살아가는 곳. 일용직 노동자와 이주 노동자들이 고시원과 여인숙에서 안전과 위생을 보장받지 못하고 하루 치의 삶을 연장하는 곳. 부동산 고공 행진을 잡겠다고 머리를 싸매는 정부와 탄압이라도 당한 듯 영혼을 끌어모아서라도 부동산을 사겠다고 안간힘을 쓰는 이들 그리고 그 싸움에 끼지 못하고 치솟는 주택값을 황망히 올려다보기만 하는 무주택자들이 공존하는 곳. 세면대 있는 집에 살고 싶다며 젊지도, 늙지도 않은 청장년들이 새벽녘 짐차에 택배 상자를 싣고 허옇게 뜬 얼굴로 까만 도로 위를 달리는 곳.

눈치 보지 않고 누구에게도 방해받지 않으면서 혼자가 된 자유를 느낄 수 있는 안전한 공간을 얻기 위해 계산기를 아무리 두드려봐도 마땅한 답은 나오지 않는다.

나의 바람이 순진하다고, 영 시원찮다고 액정에 뜬 0의 개수만큼 계산기가 나를 비웃는 듯하다. 혼자인 기분, 혼자임이 가능한 공간은 어쩌면 나에게 어울리지 않는 지나친 사치가 아닐까.

———— 너에게 안녕

다 먹었으면 이만 일어날까, 묻는 아빠에게 고개를 끄덕이고 남은 술잔을 비운다. 어느새 바닥이 보이는 추어탕 뚝배기 그릇이 유난히 커 보인다. 하늘을 짊어진 아틀라스는 아니더라도, 딱 저 뚝배기만 한 크기의 삶을 떠받치고 살아도 괜찮다면. 적당히 좁고 적당히 깊은 그릇에서 적당한 기쁨과 슬픔을 품고 살 수 있다면. 나에게 꼭 맞는 뚝배기 안에서 다리를 쭉 펴도 공간이 남아서 상하좌우로 데굴데굴 구르는 작은 미꾸라지가 되고 싶어졌다.

앞서 걸어가는 아빠에게 달려가 팔짱을 끼고 걷는다. 우산 하나를 같이 쓴 우리 둘이 왠지 뚝배기 같다. 슬퍼할 것도 기뻐할 것도 없이 발걸음을 옮긴다. 집으로 간다.

하루의
손익계산서

──── 하루 24시간 중 좋아서 하는 일이 차지하는 시간은 얼마나 될까?

퇴근을 삼십 분 앞두고 갑자기 떠오른 이 질문에 미친 듯이 키보드를 두드리며 보고서를 작성하던 두 손이 일순간 멈췄다. 컴퓨터 모니터를 가득 채운 보고서는 잠시 미뤄두고 머릿속에 엑셀 파일을 하나 열어 손익계산서를 작성해보기로 했다. 나라는 사람의 올 한 해 손익계산서다.

'좋아하는 일을 한다'는 이익, '하기 싫은 일을 한다'는 손해라고 치고 목록을 작성했다. 보나마나 결과는 참담했다. 나를 더더욱 좌절하게 만든 것은, 득실을 따지기도 전에 내 하루가 너무 별거 없었다는 사실이었다.

6시 기상, 9시 출근, 12시 점심식사, 18시 퇴근. 이 특별할 것도 없는 판에 박힌 직장인의 일상에 좋아서 하는 일 같은 게 있을 리 만무했다.

책 읽기, 글을 쓰거나 그림 그리기, 강아지랑 산책하기, 좋아하는 카페에 가서 따뜻한 차 마시기, 주말에는 무작정 어딘가로 떠나기, 내 손으로 직접 채소 요리하기, 목공 배우기 등 하고 싶은 일이 이렇게나 많은데 하루 24시간 일 년 365일 동안 출퇴근만 일삼고 있다는 사실에 슬슬 화가 치밀기 시작했다.

누군가는 이럴 때 꼭 퇴사를 한다지만 나는 때 되면 통장에 한 달 치 노동에 대한 보상이 꼬박꼬박 들어오는 직장인의 삶 또한 놓칠 수 없는 사람. 월급도 받고 싶고 좋아하는 일도 하고 싶다면 방법은 하나뿐이다. 퇴근 후에 무리해서라도 시간과 에너지를 들이는 것이다. 어쩔 수 없다. 엉망진창인 나의 손익계산서를 조금이나마 보

　　　　　　　　　　　　　—— 너에게 안녕

완하려면 퇴근 전이나 후 삼십 분이라도 하고 싶은 일을 하는 데 투자해야 한다. 그것뿐이다.

아침에 일어나 여유가 되면 보이차를 따르고 음악 한 곡을 재생한 다음 명상을 한다. 대개 피아니스트 조성진의 연주곡이다. 아주 가끔 시티팝을 틀기도 한다. 눈을 감고 고요히 앉아 복잡한 생각을 비워내는 훈련을 한다. 명상하면서 보통 하는 생각은 "그래서 오늘 출근하면 해야 할 일이……"다. 차를 천천히 음미하며, 명상이라기에 애매한 무언가를 마친다.

경기도에서 서울로 왕복 세 시간 출근하는 일은 처음엔 무척 고달팠지만 그 또한 어느새 적응이 된다. 처음이 어렵지 어떻게든 다 된다. 하지만 개미떼처럼 한 곳을 향해 구둣발 소리를 내며 우르르 출근하는 직장인의 정체성을 뒤집어 쓰기 전에 차 한잔을 마신다거나 음악 한 곡 정도 듣는 시간을 가지는 건 중요하다. 나라는 작은 개인에서 맡은 바 임무를 해내야 하는 직장인으로, 미션에 충실한 직장인에서 다시 나라는 작은 개인으로 돌아올 때 쉼표처럼 찍어주는 이 짧은 시간이 내가 나로 존재할 수 있도록 만들어 주기 때문이다. 눈앞에 놓인 일을 처리하느라 지치고 힘들었단 이유로 나라는 사람이 내 생활에 지워지지 않도록, 나를 단단히 만드는 일이다.

보이차 한잔으로 하루를 시작했다면, 마무리는 향 하나를 태우는 것. 퇴근 후 샤워를 한 다음 몸 구석구석 보디로션을 발라준다. 젖은 머리를 수건으로 대충 털고 선풍기 앞에 멍하니 앉아 있다 방에 들어가 아껴둔 인센스에 불을 붙인다. 나그참파라는 이름을 가진 향인데, 정신없이 바빴던 하루를 마무리하는 데 적격이다. 하지만 내가 제일 좋아하는 건 단연 소용돌이 모양의 초록 모기향이다. 뜨거운 여름밤을 하얗게 불태우고 그 자리 그대로 남은 잿더미를 후 불면 별것 없던 하루의 불안과 우울까지 한번에 날아갈 것 같아서. 모기 쫓아내듯 예민한 나를 후 불어내면 다정한 나만 남아 있을 것 같아서. 자기 전에 길게 숨을 들이마시고 내쉰다. 이렇게 오늘도 내일도 가볍고 작게 산다.

최승자 시인은 "이렇게 살 수도 없고 이렇게 죽을 수
도 없을 때 서른은 온다"라고 했지만 이렇게 살 수도 없
고 이렇게 죽을 수도 없을 때 나에게는 월급날이 온다. 그
러니까 퇴사는 됐고, 지금 당장 좋아하는 일을 하는 수밖
에. 자, 일단 오늘은 우리 집 강아지랑 밤 산책을 하기로
한다. 멍뭉아 기다려, 언니가 간다.

매일매일이
오디션일지라도

——— 주말에 소파와 한 몸이 되어 의미 없이 여기저기 채널을 돌리며 리모컨 버튼을 눌러대기를 좋아한다. 요즘에는 딱히 볼 게 없네, 겸사겸사 라면이나 끓여 먹어볼까 하고 혼잣말하는 주말만큼 여유로운 주말이 또 있을까.

지난주 일요일에도 어김없이 소파에 누워 〈라디오 스타〉 재방송을 보며 낄낄대다가, 예상치 못한 순간 배우 배두나가 한 말에 위로를 받았다. 정확하게 기억나진 않지만 같이 출연한 패널이 "선배님처럼 유명한 스타는 오디션 같은 것을 볼 리가 없지 않느냐"라고 물었는데 그녀는 이렇게 답했다.

———

"나 또한 수없이 오디션을 본다. 오디션은 일상이
고 떨어지는 것도 다반사다. 맨날 떨어진다."

———

아직까지도 오디션에서 매일같이 떨어진다는 배두나
의 말에 머리를 한 대 맞은 듯했다. 지난 몇 년간 여러 차
례 치른 면접을 떠올렸다. 나는 번번이 손을 덜덜 떨면서
울상으로 면접장 문을 열고 나오는 프로탈락러였기 때문
이다.

면접관이 던지는 날카로운 질문과 혹독한 평가를 듣
고는 소금에 숨이 죽은 절인 배춧잎처럼 주눅이 들어 몇
날 며칠을 착잡한 심정으로 보냈던 그때. 분명 몇 번이나
연습했음에도 불구하고 막상 현장에서는 머릿속이 하얘
져 '지금 내가 무슨 말을 하고 있는지 나도 모르겠다'라

고 생각하며 아무 말이나 두서없이 내뱉었다. "당신은 우리가 원하는 사람이 아니다"라는 거절에 상처받았던 순간들이다.

나는 왜 이렇게 바보 같을까, 저 사람들은 굳이 상처주는 말을 할 필요가 있을까. 내 탓으로 시작해 마지막엔 면접관 탓으로 돌렸다. 나의 진가를 알아보지 못한 너희가 잘못이라 생각하는 게 훨씬 마음이 편했으니까.

◇◇◇◇◇◇◇◇◇

하지만 매일 떨어진다. 배우 경력 이십 년 차도 오디션에서 떨어지는 게 다반사라는 말을 듣고 나니 갑자기 안심이 된다. 앞으로 몇십 년간 셀 수 없이 면접에서 탈락할 거라고 생각하니 오히려 마음이 편해진다. 거절당하는 거 별것 아니라고 생각할 수 있을 것만 같다.

물론! 이왕이면 실수 없이 뭐든 잘하고 싶다. 실패는 성공의 어머니라거나 어떠한 경험도 곧 나의 자산이 된다는 것은 바람직하지만 떨어지지 않는 게 덜 힘들고 덜 상처받으니까. 다음 면접에서는 내가 맡고 싶은 배역을 반드시 따내야겠다고 다짐하는 일요일 밤이다.

산책을
기다리는 마음

─────── 매일 밤 늙은 개와 산책을 한다. 이 시간을 꽤 좋아한다.

우리 동네는 산책로가 잘 갖추어진 편인데 저녁 여덟 시쯤 되면 식사를 마치고 나온 노부부, 유모차를 끌고 도란도란 이야기꽃을 피우는 젊은 부부, 트레이닝복을 입고 조깅하는 청년, 볼륨을 잔뜩 높이고 트로트를 튼 채 자전거를 타는 아저씨 등 각양각색의 풍경이 펼쳐진다.

그중 내 시선을 단연 사로잡는 건 산책을 즐기는 반려견들이다. 걸음걸이만 봐도 얼마나 신이 났는지 덩달아 나까지 기분이 좋아진다. 개들은 산책을 하다가 다른 개를 마주치면 아주 난리가 난다. 동네가 떠나갈 듯 짖는 개, 상대편의 궁둥이 냄새를 맡는 개, 리드줄이 팽팽해져서 더 이상 늘어나지 않는데도 불구하고 가까이 가고 싶어 두 발 들고 안간힘을 쓰는 개. 우리 집 개는 그중 굳이 분류하자면 멀찍이 떨어져서 요란하게 짖는 쪽이다. 그러다 맞은편 개가 다가오면 흠칫 놀라 저 멀리 도망가서 다시 열심히 짖는다. 이럴 땐 정말이지 어딘가로 뛰어가 숨고 싶을 정도로 창피하다. 겁은 많은 주제에 쓸데없이 목청이 큰 개 때문에 주변의 이목을 끌 때마다 나는 삼종 꾸중 세트를 발휘한다. 꾸중이라고 해봤자 별거 없다. "스읍!" 하고는 윗니와 아랫니 사이로 바람 새는 소리를 내거나 "조용히 해" 혹은 "혼난다"라고 최대한 목소리를 낮춰 경고할 뿐. 그래도 말을 안 들으면 리드줄을 뒤로 한번 획 당긴다.

이렇게 개를 겨우 안정시키고 난 뒤 왠지 머쓱하다 싶을 땐 상대방에게 딱 두 가지만 질문하면 어색함은 대충 사라진다. "이름이 뭐예요?" 그리고 "몇 살이에요?" 서로 통성명한 뒤(이때 묻는 건 반려견의 이름과 나이다. 자신의 이름과 나이를 말하면 피차 민망해진다) 가볍게 목례를 하고 각자 갈 길 가면 된다.

하지만 나처럼 쑥스러워서 웬만해선 남과 말을 잘 섞지 않는 인간에게는 이런 상황이 제법 신경이 많이 쓰인다. 그래서 종종 혼자 산책을 한다. 현관에서 운동화를 신고 있자니 어떻게 알았는지 옆으로 다가와 헥헥대며 덩달아 외출 준비를 하는 개를 뒤로하고 길을 나선다. 현관문이 닫히는 마지막 순간까지 "밖에 나가자!"라는 말이 혹시나 나올까 내 입만 쳐다보던 그 눈빛이 산책로를 걷는 내내 밟혔다. 찜찜하다, 찜찜해.

⬦⬦⬦⬦⬦⬦⬦⬦

사실 우리 집 늙은 개와 나는 아주 오랜 시간 견원지간이었다. 열여섯 살 먹은 이 늙은 개의 이름은 짱구. 우리는 고등학생 때부터 같이 살았는데 짱구는 동물적인 감각으로 우리 가족 내 서열을 파악한 다음 노골적으로 나를 얕잡아 보기 시작했다. 엄마 앞에서는 귀를 내리고 온갖 아양을 떨면서 내 앞에서는 이를 드러내며 으르렁거렸다. 이따금 내 이불에 오줌도 갈겼다. 그도 그럴 것이 내가 짱구한테 짓궂은 장난을 자주 쳤기 때문인데, 가장 좋아하는 장난감을 키가 닿지 않는 곳에 일부러 살짝 보이게끔 숨겨놓는다거나 제 간식을 뺏어 먹는 척 옆에서 계속 알짱거린다거나 해서 (얄)미움을 샀던 거다.

하지만 스무 살이 되면서 집에 있는 시간보다 친구나 애인과 함께하는 시간이 점점 많아져, 짱구는 하루의 대부분을 혼자 보내게 되었다. 직장인이 되니 개에게 신경 쓸 시간은 더 줄어들었다.

그러던 어느 날 온 가족이 퇴근해 돌아와보니 집 안 곳곳에 개똥이 묻어 있고 갈색 털 뭉치가 잔뜩 빠져 나뒹구는 것이 아닌가. 게다가 평소 같았으면 꼬리를 힘차게 흔들며 주인을 반겼을 짱구가 제 집에서 나올 생각을 하지 않는 것이었다. 어느새 잔뜩 늙은 개가 힘없이 고개를 떨구고 자신의 생을 견디고 있었다.

그렇게 늙은 개와 나의 산책이 시작되었다. 물론 다른 개만 보면 맹렬하게 짖어대는 꼬장꼬장한 기세는 여전했

으므로 나는 인적이 조금 드문 시간에 산책을 하기로 했다. 산책길에도 러시아워가 있어서, 그 시간대만 조금 피해도 여유롭게 걷기 좋음을 알게 되었기 때문이다.

◇◇◇◇◇◇◇◇◇

꼬리를 살랑이며 여기저기 킁킁대는 개와 함께 별 쓸데없는 생각을 하며 걷는다. 산책의 즐거움은 하루 동안 있었던 시시콜콜한 일들을 되새기는 데 있다고 생각한다. 정말 별의별 생각이 다 떠오른다. 실수해서 창피했던 장면부터 미래에 대한 불안, 돈은 왜 이렇게 없는지, 멋진 삶에 대한 동경, 가족과 친구들과 웃음을 터뜨렸던 식사 시간 등.

그러고 집으로 돌아오면 마음이 가뿐해져 있다. 아마도 천천히 두 다리를 움직이면서 내 몸의 걸음걸이와 마음의 걸음걸이가 비로소 딱 맞아떨어지게 되었기 때문 아닐까. 산책을 하겠다고 일부러 시간을 내지 않는 이상 몸과 마음의 속도는 쉽사리 비슷해지지 않는다. 벚꽃이

—— 너에게 안녕

피고 지거나 가을 단풍이 낙엽으로 떨어지는 계절의 변화를 느낄 새도 없이, 출퇴근하느라 고개를 돌릴 여유도 없이 바쁘게 걷다 보면 몸은 저 멀리 나아가 있는데 마음은 한참 뒤에서 따라올 생각을 않는다. 몸살 기운에 끙끙 앓으면서 오늘내일의 일정을 살피고 있자니 마음은 불안을 안고 저 앞을 향해 뛰어가는데 몸은 움직일 생각조차 하지 못한다. 늘 몸만 빠르거나 마음만 빠르다. 억지로라도 산책을 해야 하는 이유다. 산책로 나무 앞을 지나갈 때마다 밑동에 열심히 영역 표시를 하는 우리 집 늙은 개를 한심하게 바라보다가 피식 웃음이 나와서 "짱구야~" 하고 부르니 날 보고 이를 드러내며 으르렁거린다. 우린 역시 안 맞아.

매일 밤 산책길에 걱정, 불안, 질투같이 무용한 감정들은 전부 내려두고 기쁨, 즐거움, 행복, 감사함 같은 것만 몸에 새겨오는 기분이다. 나에게도 꼬리가 있다면 지금쯤 좌우로 백 번씩은 힘차게 흔들었을 것 같다.

몸과 마음의 속도가 비슷해지는 유일한 시간.

세상에서 가장
난처한 스포츠

──── 러닝화를 샀다. 요가, 홈트, 줌바댄스의 뒤를 이어 내 호기심을 자극한 건 달리기였다. 하루키도 달리고 포레스트 검프도 달린다. 내키는 대로, 달리고 싶은 만큼 달린 뒤 집으로 돌아와 맥주 한 캔을 따서 시원하게 한 모금 들이켜고 땀에 젖은 얼굴로 승리의 미소를 짓는 장면을 내 멋대로 상상했다. 이번 여름 나의 운동 종목은 달리기 너로 정했다! 서둘러 퇴근해 나보다 먼저 집에 도착한 택배 상자를 뜯어 러닝화를 꺼내 신은 다음 거울에 비춰 본다. 검은색 트레이닝복에 핫핑크색 러닝화를 신은 내 모습이 만족스럽다. "오늘부터 달리기 1일!"을 외치며 현관문을 열고 길을 나선다.

학창 시절 체육 시간에 가장 하기 싫었던 운동은 피구와 달리기였다. 중앙에 선 하나를 긋고 내 편이니 네 편이니 하며 친구들을 공으로 맞춰 탈락시키는 피구는 영 마뜩지 않았다. 특히 같은 편에 있던 친구들이 공에 맞아 다 죽고 나만 남은 상황이 되면 독 안에 든 쥐가 된 기분이다. 왜 체육 선생님은 여학생들에게 운동보단 서바이벌 게임에 가깝고, 건강한 스포츠 정신보단 저격에 가까운 잔인한 피구 같은 걸 시켰을까.

피구는 시작할 때도, 서로를 향해 공을 던지고 피하는 와중에도, 마지막 한 명을 악착같이 맞춰 아웃시킨 다음에도 마음의 찝찝함을 피할 길이 없다. 처음부터 끝까지 개운하지가 않다. 그러고 보면 세상에서 가장 난처한 스포츠 같다.

초등학교부터 고등학교까지 십이 년 동안 여학생들의 체육대회 단골 종목은 농구도 발야구(욕 같지만)도 아닌 피구다. 심지어 대학교 신입생 환영회 때는 짝피구라는 이상한 공놀이를 했다. 1학년 남학생이 1학년 여학생을 등에 업고 둘이 짝이 되어 하는 피구였는데 상대 팀 여학생들을 모조리 공으로 맞춰야 끝이 났다. 등에 업힌 여학생이 할 수 있는 일이라곤 저 멀리서 날아오는 공을 업힌 채로 피하는 것뿐이었고 남학생이 할 수 있는 일은 제 등에 업혀 있는 이를 지키기 위해 사방팔방 뛰어다니는 것뿐. 선배들은 그러면서 남녀 사이에 우정이 돈독해지는 거라고 말했다. 내 우정은 내가 알아서 하는데 웬 오지랖일까. 고작 한두 살 많은 주제에 선배랍시고 그런 걸 조언이라고 떠드는 꼴이 우스웠다. 나와 짝을 이룬 같은 과 동기 남자애와는 오늘 처음 본 사이인데 내 가슴이 이 친구 등에 닿는다고 생각하니 불쾌하기 짝이 없었다. 신입생 환영회 첫날 대학교라는 곳에 질려버렸다.

나를 업은 동기 남자애는 계속 다리를 후들후들 떨더니 후반전에서 대뜸 "힘들어서 더는 못 하겠어요"라며 눈물을 글썽였다. 그러고는 슬며시 등에서 나를 내려놓았다. '뭐 저런 새끼가 다 있어?' 하는 표정의 선배들과

'야, 그럼 업혀 있던 애는 뭐가 돼' 하는 표정의 동기들 얼굴이 일제히 우리 둘을 향했다.

"야, 왜! 뭔데 네가 힘들어!"

얼굴이 빨개진 나는 그를 향해 빼액 목소리를 높였다. 티끌만 못한 우정에도 금이 갈 수 있음을 느끼며 배신감이 밀려들었다. 이상한 공놀이를 포기하겠다고 선언한 이 자식이 고마우면서도 묘하게 원망스러웠다. 오늘 처음 봤지만 전반전 동안은 우린 가슴을 나눈 한 팀 아니었니. 한편으로는 대학 생활 첫날 난데없이 쟤를 업으라고 등 떠밀렸으니 얼마나 황당했을까. 나처럼 집에 가고 싶었을지도 모른다는 생각에 이를 때쯤 비쩍 마른 이 남자애에게 동정심이 일었다. 너나 나나 '이건 좀 아니지 않나 싶은 일'에 반기를 들 만큼 배짱이 두둑하진 않은데 막상 짜증은 나고 그런데 앞으로 사 년간 대학 생활 하려면 선배한테 밉보이는 일은 웬만해선 만들지 않는 게 좋으리라는 직감이 마음속에서 꿈틀거렸을 테다.

학창 시절의 단거리 달리기나 장거리 달리기는 또 어

떠한가. 기록을 세우겠다고 최선을 다해 뛰는 여자애들의 가슴을 빤히 쳐다보며 저들끼리 웃고 수군거리던 남자애들의 모습은 아직도 생생한, 강렬한 기억이다.

그래서 달리기를 시작했다. 지금까지 운동을 싫어했던 건 내가 게을러서가 아닐지도 모른다는 것을 증명하기 위해서, 단 한 명의 체육 선생님도 운동을 단지 운동으로서 즐길 수 있게끔 만들어주지 않았다는 사실이 분해서, 달리기에서만큼은 누군가 갑자기 불쑥 나타나서는 이래야 한다는 둥 저래야 한다는 둥 맨스플레인 당하지 않을 수 있어서.

달리기는 악착같이 공을 던져 누군가를 맞춰야 하는 이상한 스포츠가 아니다. 무엇보다 처음과 끝이 똑같이 아주 심플하다. 운동화를 신는다. 뛴다. 원하는 만큼 뛰고 나면 운동화를 벗는다. 규칙이라곤 이렇게나 간단하다.

시원한 밤바람을 가르며 달린다. 냉동실에 든 살얼음 낀 캔 맥주를 생각하니 몸과 마음이 더 가벼워진다. 오늘은 어제보다 더 나은 기록이 나올 것 같다.

오늘도 다시
출근할 용기

──── 출근할 때마다 내가 탄 지하철은 당산철교를
건넌다. 내내 지하 철로를 달리다 마침내 한강 위로 훅!
빠져나오는 순간 창밖으로 보이는 눈부신 풍경에 거북목
으로 스마트폰만 보던 사람들이 일제히 고개를 든다.

내가 정말 좋아하는 뮤지션이자 작가이자 책방 무사
의 주인이기도 한 요조가 한 팟캐스트에 나와서 자작시
한 편을 나른한 목소리로 낭송했다. 지하철이 지상으로
올라오면서 창문 안으로 쏴- 쏟아지는 햇살을 "짝짝짝짝
짝" 박수 소리로 비유한 시였다. 그때부터 당산철교 위를
달리는 지하철 안에서 짝짝짝짝 응원과 격려의 박수를
받는 기분이 든다. 하던 일을 멈추고 저 멀리 보이는 여의

도의 들쭉날쭉한 건물들과 고요한 한강을 바라본다. 퇴근길 야경은 또 얼마나 예쁜지. 그건 뭐랄까 도시에서만 맛볼 수 있는 유일한 사치 같다. 볼 때마다 가슴이 두근거린다. 다른 사람들도 매번 지하철 창밖 풍경에 설렘 가득한 표정을 지을 것이 분명하다. 그건 짝짝짝짝 햇빛의 박수 소리 때문일까.

늦은 여름쯤이었다. 그날은 운이 좋게 강남역에서 지하철을 타자마자 자리에 앉았다. 한참을 졸다가 지하철이 당산역을 지나 한강을 건너면서 머리 위로 들이닥친 눈부신 햇살에 화들짝 놀라 고개를 들었다. 앞에 서 있던 외국인 여자와 눈이 마주쳐 가볍게 눈인사를 했는데 한눈에 봐도 쉰은 훌쩍 넘어 보이는 나이 지긋한 여행객이었다. 자기 키만 한 커다란 배낭을 멘 채 민소매 티셔츠 위로 드러난 팔뚝에는 근육이 적당히 잡혀 있었고 노브라였다. 얇은 티셔츠 아래로 무엇이 비치든지 간에 다른 사람 시선은 아랑곳하지 않는 듯한 당당함과 건강한 기운을 온몸으로 뿜어내고 있었다. 호기심 가득한 눈빛과

환한 표정. 멋있다. 지금 반짝이고 있는 건 지하철 창에 비친 한강의 윤슬이 아니라 저 여자의 얼굴일 것이다.

저렇게 늙고 싶다. 팔과 다리에 붙어 있는 적당한 근육, 먼 길도 주저하지 않고 씩씩하게 걷기에 모자람 없이 넉넉한 에너지, 대중교통에서 눈을 마주친 낯선 사람에게 머뭇거리지 않고 가볍게 눈인사를 건네는 부담스럽지 않은 사교성, 여행용 트렁크 대신 배낭을 챙기는 도전 정신으로 늙었어도 영원히 늙지 않는 할머니가 된다면 더는 바랄 게 없을 것 같다. 손뜨개질로 짠 꽃무늬 조끼에 교정지가 잔뜩 든 에코백을 오른쪽 어깨에 걸치고 합정역을 씩씩하게 왔다 갔다 하는 할머니, 원고를 수정하느라 손가락 사이사이 언제 묻었는지 모를 빨간 펜 자국에 까르르 웃는 귀여운 할머니도 괜찮겠다고 생각하다가 갑자기 자괴감이 들었다. 무릎 관절도 안 좋고 노안으로 글자가 제대로 보일까 싶은 나이에도 열심히 일하고 있을 거라고 너무도 자연스럽게 상상하는 내가 몹시 짠했기 때문이다. 운이 나빠 적당한 나이에 죽지 못하고 할머니가 될 바에야 건물주 할머니가 되는 편이 훨씬 낫지 않겠니. 박봉에도 쓸데없이 성실한 데다가 소확행이다 뭐다 하면서 저축은커녕 작고 소중한 월급을 탕진하는 이 나라 일꾼의 미래가 늙은 일꾼이라니. 이 얘기를 친구한테 했더니 자기는 웃긴 할머니가 되고 싶단다. 농담에 능숙한 할머니도 왠지 섹시하고 멋있다며 우리는 신이 나서 생맥주 한 잔을 추가했다.

일상이 너무 지루하고 재미없다고 느껴질 때면 영화 〈브리짓 존스의 일기〉를 본다. 보고 나면 내가 브리짓 존스가 된 듯한 기분에 심취한다. 살이 쪄 엄청나게 큰 팬티를 입어도, 차마 눈 뜨고는 못 볼 실수와 실패를 계속하더라도 행복을 위해서라면 무서울 게 없는 브리짓. 창피한 일이 벌어지고 또 벌어져도 한 번 더 시도해보는 용기로 똘똘 뭉친 그녀를 볼 때마다 내게도 가까운 미래에 금방, 곧, 머지않아, 인생의 명장면이 펼쳐지리라는 확신이 든다. 그러니까 매 순간 사랑스러운 브리짓처럼, 2호선에서 만난 노브라 외국인 여행객처럼 지금 내가 할 수 있는 것

을 한다. 아무래도 행복은 거기에 있는 것 같다. 그리 거
창하지도 복잡하지도 않은 행복이 손 뻗으면 닿을 거리
에 늘 있었다. 내가 발견하지 못했을 뿐.

짝짝짝.
박수 소리가 귓가에 울린다.

비상
연락망

——— 새벽에 누군가 갑자기 찾아와 문을 두드렸다. 잠결에 가족 중 하나가 대답하는 소리가 들리더니 현관문이 달칵 열렸다. 경찰이요? 무슨 일이시죠? 제 딸이요? 지금 자기 방에서 자고 있는데 왜요? 하는 말소리와 함께 상대방의 한숨이 간간이 섞여 들어왔다. 현관문이 닫히고 똑똑 내 방문을 두드리는 소리가 들렸다. 네 친구가 경찰에 신고했대. 뭐? 신고? 지금 시간이 몇 신데 경찰까지 오냐. 여하튼 일단 자라. 아빠는 뒤통수를 긁으며 안방으로 들어갔다.

몇 시인지 확인하려고 핸드폰을 보니 수십 통의 부재

중 전화와 메시지가 와 있었다. 어안이 벙벙해 이게 무슨 일인가 머릿속 기억을 되짚어보는데 아무 생각이 나지 않았다. 그랬다. 술을 마시고 필름이 끊긴 것이었다. 등줄기가 오싹해지면서 취기가 달아났다. 핸드폰을 다시 살폈다. 야, 왜 전화 안 받아. 언니, 메시지 보면 연락해. 죽었니, 살았니. 돌았구나. 시간이 몇 시야. 미친 것아, 전화 받으라고. 이렇게 추운 날 연락도 안 되고 정말 무슨 일 생긴 건 아니겠지. 친구들의 걱정이 욕이 되었다가 다시 걱정이 되기를 반복하며 메시지는 자정부터 새벽 네 시까지 이어졌다.

사연인즉슨 크리스마스이브에 오래된 연인과 함께 기분 좋게 홀짝이며 마신 술이 어느 순간 주량을 넘어섰으나 나름 멀쩡했던지라 "안녕, 메리크리스마스!" 인사하고 각자 집으로 향했는데 이때부터 문제가 발생한 것이다. 술기운이 확 올라오면서 주머니 속 핸드폰이 울리든 말든 나 몰라라 갈지자로 걸어 여차저차 집에 도착한 다음 그대로 곯아떨어졌다. 나의 연인은 우연찮게 연락이 닿은 내 친구에게 자초지종을 설명했고 친구가 다른 친구에게, 다른 친구가 또 다른 친구에게, 이 친구가 저 친구에게 이 소식을 알리며 상황이 심각해졌다.

추운 겨울이었던 데다 하필 당시 여성을 타깃으로 한 성폭행 및 살인 사건이 한창 뉴스를 달구고 있었다. 친구들이 최악의 경우까지 상상하는 데 이르렀을 무렵 용감한 현이가 경찰에 신고를 했다. 크리스마스이브라면 으레 있는 일이었는지 신고를 접수받은 경찰이 대수롭지 않게 대응한 모양이다. 별일 없을 거예요. 네? 아니, 그러지 마시고 친구네 주소 알려드릴 테니 해당 지역 경찰서랑 연계해서 확인해보세요. 마음이 급한 현이. 집에 잘 들어가서 자고 있을걸요. 심드렁한 경찰. 여기서부터 현이는 분노 지수가 치솟기 시작했다. 지금 신고 접수받으시는 분 성함 알려주세요. 현이는 아주 단호하고 침착하게 관등 성명을 대라고 요청했다. 휴대폰 너머로 침묵이 흐르더니 확인해보고 다시 연락하겠다는 말과 함께 통화는 끝이 났다.

이상 우리 집에 경찰이 찾아와 술에 취해 깊은 잠에 빠진 나의 생사를 확인하게 된 경위였다. 내가 집에서 세상모르고 자고 있더라는 소식을 전해 들은 현이와 친구들은 한시름 놓는 동시에 분노를 주체하지 못하고 걱정과 원망이 섞인 쌍욕을 담아 메시지를 날렸다. 미안하고 한심하고 창피해서 동이 터오는 시간에 사과 문자를 더듬더듬 보낸 뒤, 아악 소리를 지르며 이불 위로 발라당 엎어져 앞으로 친구들의 얼굴을 어떻게 보나 걱정을 아주 잠깐 하고는 곧바로 다시 잠들었다.

내가 초등학생이었던 시절에는 핸드폰이란 게 없어서 여름방학이나 겨울방학이 되면 담임선생님이 준 비상연락망을 보고 집 전화로 같은 반 친구에게 연락해 안부를 물었다. 혹여 무슨 일이 생기면 자신의 앞 번호에 해당하는 친구에게 전화를 걸고, 그 친구는 또 앞 번호의 친구에게 전화를 걸어 마지막엔 1번 학생이 담임선생님에게 소식을 전달하는 시스템으로 비상운영체제를 구축해두기도 했다.

—— 너에게 안녕

그때나 지금이나 누군가를 걱정하는 마음은 결국 서로를 연결한다. 집 전화든 스마트폰이든 이메일이든 뭐든 간에 도구만 달라졌을 뿐 본질은 같다. 그건 아마 연대라는 말로 대신할 수 있을 것이다.

노오력도
요령껏

──── 지금은 어떤지 모르겠지만 내가 초등학생일 때
만 해도 집안의 가훈을 알아오라는 숙제를 일 년에 한 번
씩은 꼭 받았다.

가훈? 학교 알림장을 확인한 엄마는 아빠 쪽을 흘끔
돌아보고는 다시 한번 물었다. 우리 집 가훈은 그거 하나
잖아. 그치? 아빠는 당연한 걸 뭘 묻느냐는 얼굴로 고개
를 끄덕였다. 내 부모는 단호하게 말했다. 최선을 다하자.
얼른 받아 적어. 최.선.을.다.하.자. 한 음절씩 또렷하게 끊
어서 발음하는 두 사람의 얼굴에는 어떤 당당함 같은 것
이 스쳤다. 자신들의 인생에 한 점 부끄럼 없이 온 정성과
노력을 기울였음을 큰소리 내어 말할 수 있는 자긍심이

었다. 혹시라도 부모의 학력과 직업을 적어 내라는 가정
통신문 같은 걸 집에 가져오면 시간을 꽤 들여서 꼼꼼히
읽은 다음 빈칸에 뭐라고 쓸지 머뭇거리며 혹시나 이런
걸로 학교에서 차별을 받거나 놀림감이 되지는 않을지
머리를 맞대고 걱정하던 그들이었다. 스스로에겐 떳떳하
지만 자식들 앞날과 관련한 바에는 한없이 조심스러워지
는 두 사람을 보는 건 어린 나이에도 왠지 모를 애절함이
가슴 한구석에 스미는 일이었다.

학부모 모임 때마다 엄마는 옷과 머리에 힘을 잔뜩 주
고 결기에 찬 건지 긴장한 건지 모를 조금 애매한 모습으
로 교실에 들어섰다. 결코 기죽지 않으리라 다짐하면서
"우리 딸이 이번에"로 시작하는 말을 쉬지 않고 떠들며
늘 모임 한가운데서 분위기를 주도했다. 하굣길에 엄마
가 허리를 꼿꼿이 세우고 내 손을 꽉 잡고 앞뒤로 흔들며
신이 나서 말했다. 무조건 처음의 기세가 중요하니까 어
딜 가든 우물쭈물하지 말고 알았지? 그런 날엔 기분이 좋
은지 경양식집에 데려가 동생과 내게 돈가스를 먹였다.

덩달아 나도 기분이 좋아져서 엄마가 매일 학교에 왔으면 좋겠다고 생각했다.

아무튼 나는 학교 다니는 내내 최선을 다하자는 가훈을 인이 박이게 들어서 그런지 나중에는 최선이란 말만 들으면 반항의 불꽃이 스멀스멀 피어올랐다. 그건 아마도 아무리 노력해봤자 절대 오르지 못할 계층 사다리가 굳건하게 버티고 있다는 생각 때문일 것이다. 도미노처럼 쫙 펼쳐진 수많은 벽을 하나하나 뚫어가며 길을 헤쳐나가는 기분이다. 느리고 답답하다.

이토록 느리고 답답한 과정을 감내하면서 열심히 해도 좋은 결과를 얻기가 쉽지 않다. 애쓴 과정은 사라지고 결과만 남는 것 또한 인정할 수 없다. 노력했어도 결과가 좋지 않으면 결국 '내 탓'이 되어버리는 것도 보통 짜증 나는 일이 아니다. 그래서 이왕이면 시행착오는 되도록 겪지 말고 요령껏 사는 삶을 바란다. 요령 부리면 잔머리만 굴린다고 욕하고, 요령 부리지 않으면 미련하다고 욕

하는 직장 상사가 호시탐탐 옆에서 혼낼 구멍을 찾고 있
지만…….

　최선을 다하되 어쩔 수 없다면 어쩔 수 없는 것.
　나만의 원칙이다. 성공과 실패에서 벗어나 '지금의
나를 너그럽게 바라보는 마음'은 나에게 작은 위로를 전
해준다.
　나를 잃지 않는 선에서 최선을 다한다는 것은 지금 내
가 하고 있는 일이 무척 중요하지만, 그렇다고 해서 이 일
이 나를 무너뜨릴 만큼 중요한 것도 아니라는 뜻을 담고
있다. 이건 일상의 균형, 마음의 균형을 의미하는지도 모
른다.

◇◇◇◇◇◇◇◇

　KBS 드라마 〈프로듀사〉 마지막 회에 송해가 출연해
〈전국노래자랑〉이 장수할 수 있었던 비결에 관해 답하는
장면이 있었다.

"처음부터 장수 프로가 될 줄 알았냐구요? 아유, 몰랐지요. 장수 프로라고 하는 것은 처음부터 오래갈 줄 모르고 '한번 내가 땜빵으로 껴서 해볼까?' 그렇지 않으면 또 '잘해보다가 안 되면 접지 뭐' 이러고 기본 프로가 장수 프로가 된 프로가 많습니다. 삼십 년 전, 사십 년 전부터 이건 오래오래 갈 거다 하고 시작하는 프로는 없습니다. 사람의 인연도 그렇지 않습니까? 그럴 줄 모르고 서로 맺은 인연인데 이게 오래오래 가는 그런 인연이 우리 주변에 많잖습니까? 그런 겁니다."

송해가 사십 년 가까이 〈전국노래자랑〉을 끌고 올 수 있었던 이유 역시 '잘해보다가 안 되면 접지'라는 마음, 즉 '최선을 다하되 어쩔 수 없다면 어쩔 수 없지'라는 나의 원칙과 닮아 있었다.

누군가는 과정보다 결과가 중요하다고 하지만, 나는

누구나 자신만의 지름길 하나 정도는 있잖아요.

거꾸로 결과보다는 과정이 중요한 사람이다. 최선을 다했다면 된 거다. 그다음 일은 어떻게든 되겠지.

◇◇◇◇◇◇◇◇◇

일요일의 남자 송해 할아버지의 말처럼 그런 겁니다. 인생도, 어떻게든 됩니다.

하지 않는 것이
중요하다

───── 대학생 시절, 나는 시를 가르치는 교수님을 찾아가 "저는 시인이 되고 싶어요"라고 말하고 소설을 가르치는 교수님한테 가서는 "소설가가 꿈이에요"라고 말하고 다녔다. 시든 소설이든 언어로 자신만의 세계를 구축하는 작가들이 멋있어 보였다. 그러다 한 작가가 문하생을 모집한다고 트위터에 올린 글을 우연찮게 발견했다. 한 달에 한 번씩 다 같이 모여 문학 수업을 듣고 글을 쓰다 보면 잃어버렸던 감성을 되찾고 날카로운 통찰력까지 생긴다는 취지였다. 바로 이거야! 무릎을 탁 치고는 곧장 지원서를 작성했다.

문학 수업 첫날의 기억은 아주 강렬하다. 십 대부터 오십 대까지 다양한 나이대의 사람들이 쑥스러운 얼굴을 하고 저마다 자기소개를 시작했다. 마룻바닥에 빙 둘러 앉아 단체 미팅이라도 하듯이 발화자는 엉거주춤 일어나 청중을 향해 꾸벅 인사를 한 다음 자신의 속마음을 털어놓았다. 사는 곳은 어디며 직업은 무엇이고 인생이 참 고달팠는데 작가님의 책을 읽고 난 뒤 몇십 년간 꽉 막혀 있던 체증이 뻥 뚫린 듯 속이 후련해져 마치 원효대사가 해골 물을 마시고 진리를 깨우친 바와 매한가지니 자신 또한 문학의 기운을 받아 제2의 삶을 살고 싶다는 이야기 같은 것들. 내 차례가 되어 새빨개진 얼굴로 식은땀까지 흘려가며 최선을 다해 글쓰기에 대한 간절함이나 짝사랑하는 마음을 고백했지만 이를 어쩐담, 나는 그의 책을 한권도 읽어보지 않은 것이었다. 당시 나는 같은 과 선배를 향한 설레는 마음을 편지와 일기장에 꾹꾹 눌러 담고, 다른 과 대학원생 선배가 "네가 좋아"라며 쉴 새 없이 추파를 던지는 바람에 둥둥 날아갈 듯한 마음을 간신히 붙잡고 중간고사 공부에 매진하는 일개 국문과 학생이었다.

책을 읽는 일보다 같은 수업을 듣던 선배의 셔츠 소매 아래로 언뜻 보이는 까맣고 탄탄한 근육을 몇 번이고 다시 떠올리는 것이 좋은 스물두 살이었을 뿐이다.

여하튼 그렇게 서로 인사를 나눈 다음 지하에 있는 넓은 공간에서 저녁을 먹었다. 식사가 마무리되어갈 때쯤 뒤쪽에서 이곳에서만큼은 마주하고 싶지 않은 아주 익숙한 기계음이 들렸다.

'설마 아닐 거야, 아니겠지' 하는 마음으로 천천히 고개를 돌리니 위풍당당한 자태를 뽐내는 노래방 기계가 눈에 들어왔다. 작가가 가장 먼저 마이크를 잡고 공기 반 소리 반으로 장사익의 〈찔레꽃〉을 불렀다. 다들 환호성을 지르며 기립 박수를 보냈다. 아, 집에 가고 싶다. 어느 누구 하나 소외되는 이 없이 노래 한 곡씩은 불러야 한다는 말에 머리끝이 쭈뼛했다. 나는 한 곡이 끝날 때마다 건물 밖으로 도망쳤다가 다른 곡이 시작되면 다시 들어오는 식으로 어떻게든 노래를 부르지 않으려는 꼼수를 부렸지만 결국 붙잡혔다.

"자, 마지막 한 사람 남았네요. 몇 번?" 분위기 주도자가 노래방 책을 건넸다. 나는 뻔뻔한 얼굴로 "저 아까 불렀는데요"라고 답했으나 상대는 눈썹 하나 꿈틀하지 않고 "거짓말! 안 부른 거 내가 다 아는데 뭘!" 하며 능글맞게 웃었다.

아니, 아저씨가 어떻게 알아요?라고 따지고 싶었지만 이목이 집중되었단 사실이 창피해 울며 겨자 먹기로 마이크를 집어 들었다. 의도치 않게 피날레를 장식하게 되었다. 마지막까지 거부하고 저항하다 마지못해 고른 노래는 청순가련의 대명사였던 강수지 언니의 〈보랏빛 향기〉였다. "그-대 모습은 보-랏빛처럼 살며시 다-가왔지!" 고개를 까딱까딱 흔들며 웅얼거렸다. 아, 정말 최악이다. 시킨다고 군소리 없이 하는 내가 너무 싫다. 어쩐지 권력에 패배한 기분이 들어 내 얼굴은 또 새빨갛게 타올랐다.

집으로 돌아가는 버스 안. 이번 모임에서 친해진, 천

문학을 전공했다는 삼십 대 중반의 언니와 대화를 하다
가 충격적인 사실을 알게 되었다.

"뭐? 언니는 노래 안 했다고요? 대체 왜? 아니 그거
완전 재롱 잔치 같았던 거 알지? 근데 한 명도 빠지지 않
고 다 노래 불러야 한다고 했는데요!"
　억울해서 미치겠다는 내게 천문학 언니는 똑 부러지
게 한마디 내뱉고는 빙글빙글 웃었다.

———

"하고 싶은 일만 하면서 사는 건 인생에서 정말 중
요해. 근데 그보다 더 중요한 건 하기 싫은 일을 하
지 않아야 한다는 거야. 나는 사람들 앞에서 절대
노래를 부르지 않아."

———

버스는 강변 동서울종합터미널로 진입하고 있었고
언니의 모습 뒤로 핑크색 노을이 지고 있었다. 구름처럼

둥둥 떠오르려는 마음을 안간힘을 써서 꾹꾹 눌렀다. 아무래도 천문학 언니한테 반한 것 같았다. 그 뒤로 한 달에 한 번씩 이 년 동안 문학 수업을 들으러, 아니 천문학 언니를 보러 모임에 나갔다. 이제 나도 하고 싶은 일을 하는 것보다 하기 싫은 일을 하지 않는 게 인생에서 더 중요하다고 말하던 언니의 나이가 되었다.

하기 싫은 일은 하지 않는다. 매일 다짐한다.

엄마, 다음에는
내 딸로 태어날래?

———— 모녀 관계와 부녀 관계의 메커니즘은 좀 다른 듯하다. 성性이 같다는 이유로 한 사람과는 끈끈해지고, 성姓이 같다는 이유로 한 사람과는 끈질겨진다. 애증이라는 단어로 가족을 한데 묶듯이 나 역시 이 관계들을 사랑하고 또 혐오한다.

남쪽 지방 전통 농가에서 태어나 지긋지긋한 논매기로부터 탈출을 감행하며 큰 꿈과 함께 상경한 십 대 소년이 있었다. 마찬가지로 남쪽 지방 전통 농가에서 자라나 딸이라는 이유로 학교도 못 가고 집에서 막냇동생이나 돌봐야 했던 신세를 벗어나기 위해 상경한 십 대 소녀도 있다. 소년과 소녀가 만났다. "원래 다 그런 거야"라고 소녀는 소년을, 소년은 소녀를 위로하며 어느 날 밤에 서로를 따뜻하게 안았다. 그렇게 원래 다 그런 가정을 꾸리게 되었다. 대한민국 산업화 시기였다.

나는 소년과 소녀로부터 희망이라 불리며 태어났다. 경사가 가파른 동네, 끼어들 틈 없을 정도로 다닥다닥한 집들 사이 좁은 골목길에서 친구들과 술래잡기, 숨바꼭질 같은 놀이를 했다. 저녁 어스름이 내릴 쯤에는 이웃집에서 밥 짓는 냄새가 솔솔 풍겼다. 지방에서 상경한 사람들이 모이고 모이다 보니 어쩌다 생겨버린, 시골도 도시도 아닌 애매모호한 곳이 내 고향이었다.

어릴 때는 전화기를 붙잡고 우는 엄마를 자주 봤다. 외할머니가 딸보다 아들들을 훨씬 더 많이 사랑해서, 제일 가깝다고 생각했던 친구가 배신해서, 아무리 열심히 살아도 인생이 자꾸만 그 노력을 몰라줘서 바닥을 구르며 엉엉 울었다. 어린 나는 뭐가 뭔지 잘 모르겠지만 엄마가 우니까 옆에서 덩달아 같이 울었다. 믿는 도끼에 발등

이 찍혀도 다음에 또 다시 도끼를 믿어버리고야 마는 사람이 우리 엄마였다. 아빠는 반대였다. 어느 누구도 결코 믿지 않고 늘 의심을 품고 살면서 나에게 줄곧 "이유 없는 호의는 언젠가 반드시 너의 발목을 잡을 거야. 호의는 웬만하면 받지도 말고 베풀지도 마라"라고 조언했다.

그러니까 나는 엄마와 아빠를 반반씩 닮아 사람을 쉽게 믿고 쉽게 의심하게 되었을지도 모른다. 부모를 애매하게 닮아버리면 여러모로 난처한 사람이 된다. 아무튼 너무 애쓰며 살다 보니 억척스러워지고, 자식들의 배려와 호의도 기꺼이 받지 못하고 안절부절못하는 두 사람을 지켜보다 보면 마음이 복잡해진다. 가난한 시절에 줄줄이 태어나는 형제자매 틈바구니에서 원하는 만큼의 사랑을 담뿍 받지 못해서 애정 결핍이 불주사 자국처럼 남아 있는 내 부모에게 그동안 넘칠 만큼 받은 사랑을 그대로 돌려줄 수만 있다면 얼마나 좋을까.

그래서 나는 엄마의 엄마가 되어주고 싶다. 아빠의 아빠가 되어주고 싶다. 꼭 그랬으면 좋겠다.

마음의 오류에
대처하는 법

──── 사람의 감정이란 대충 어림잡아 짐작하기에는 무척 복잡하고 알쏭달쏭한 것이라고 생각했다. 그런 건 지능이 고도로 발달하고 신체적으로 우수한 고등동물이나 가질 수 있는 것이라며 우쭐해하기도 여러 번. 한때는 잉걸불처럼 후- 불면 금방이라도 새빨갛게 타오를 듯한 감정들이 마음속을 쉼 없이 내달렸다. 스스로를 우월하다고 믿으며, 넘치는 에너지에 어찌할 줄 몰라 몸과 마음이 뜨거워졌다. 젊음을 업신여기고 삶을 낭비할 수 있는 유일한 시절이었다. 앞날이 아무리 불안해도 크게 개의치 않았다. 순간에 나 자신을 내던지고 상처는 기꺼이 받아들였다.

서른이 넘으면서 조금씩 깨닫는다. 딱히 알고 싶지 않은데도 자연스럽게 체득한다. 이십 대 때는 차고 넘치는 게 시간과 체력이었다. 새로운 기회는 언제든 또 오리라는 막연한 희망으로 기세 등등했는데 지금은 늘 허덕인다. 시간이든 기회든 뭐든 간에 넉넉지 않다. 어두컴컴한 새벽하늘을 보며 출근하고, 이미 삼 차까지 달린 듯 얼굴이 불쾌한 회사원들이 손잡이 군데군데 매달려 고기 냄새를 잔뜩 풍기는 지하철을 타고 퇴근한다.

　시간이 많으면 돈이 없고, 돈이 많으면 시간이 없다는 말을 대체 누가 했는지? "나는 시간도 없고 돈도 없는 걸!" 하고 꽥 소리 지르고 싶다. 하지만 억울한 얼굴을 해봤자 아무 소용없다는 걸 잘 안다. 학교 앞 주점과 과방에서 새벽까지 술을 잔뜩 마시고 바닥에 주저앉아 "나 집에 가고 싶단 말이야!"라고 소리치며 진상을 부리고 있으면 혀를 끌끌 차며 차비 삼만 원을 내 손에 쥐여주고는 택시를 태워주던 선배들과의 대학 생활은 기억 저편으로 밀어두었다. 이제는 막차가 끊길세라 후다닥 가방 챙겨 퇴근하는 직장인이 된 지 오래다. 다음 날, 그다음 날, 다다

다음 날까지 자신의 점심값이 되어주었을 삼만 원을 흔쾌히 후배에게 택시비로 건네던 사람들의 마음은 지금의 나를 떠받쳐 주는 안전 구역이 되어주었다.

나는 불과 얼마 전까지 오류가 난 프로그램처럼 마음의 안정을 찾지 못하고 멈춰 있었다. 회사에서 사람들과 부대끼며 일하다 보면 어쩔 수 없이 관계라는 것이 생기기 마련이다. 하지만 사람 사이의 일은 참 오묘해서, 아무리 노력하더라도 어긋날 관계는 끝끝내 어긋나고야 만다. 서로 잘 맞는다고 생각했던 사람과도 갑자기 서먹서먹해지는 일이 비일비재하다. 그 계기는 결정적일 때도 있고 아주 사소할 때도 있다.

그래서 인간관계를 무척 특별하다고 과장하거나 혹은 별것 아니라고 축소하지 않는다. 상대에게 지나치게 잘 보이려고 애쓸 필요 없고, 인생은 무조건 독고다이라며 무심한 척하며 소중한 사람들을 놓쳐서도 안 된다. 확실한 것은 나이가 들수록 한정된 내 애정과 에너지를 낭비하지 않고 적재적소에 잘 쓸 줄 아는 수완이 생긴다는

—— 너에게 안녕

것이다. 그동안 축적한 데이터를 통해 마음의 오류에 대처하는 나만의 노하우다.

먼저, 호의를 베풀 땐 돌려받을 것을 셈하지 않는다. 이건 모두에게 호의를 베풀지 않는다는 것과 같은 뜻인데 내가 좋아하는 관계에만 집중하겠다는 의지이기도 하다. '내 사람', 즉 나라는 인간의 영역 안으로 거리낌 없이 넘어와도 전혀 상관없는, 내게 아주 중요한 사람에게 나의 모든 관심과 사랑을 바친다. 상대에게 준 만큼 그대로 돌려받아야 한다는 식의 계산은 이 관계에 어울리지 않는다. 좋아하는 사람에게 내가 줄 수 있는 애정과 시간을 쏟고, 거기서 오는 기쁨을 조건 없이 그저 누리기만 하면 된다. 나의 안전 구역을 타인에게 내어주는 일, 그건 언젠가 관계가 틀어져 돌이킬 수 없는 사이가 된다 할지라도 미련이나 후회 같은 건 남지 않으리라는 것을 의미한다.

그다음, 감정에 이름을 붙인다. 불편한 인간관계가 있다면 내가 상대방에게 갖는 이 이상하고도 뒤틀린 심리가 무엇인지 조금만 생각해본다면 대부분 답이 나온다. 인간의 감정이 무척 복잡하고 이해 불가능해 보이지만 어떤 한 사람을 향한 마음은 의외로 굉장히 단순하다. 시기, 질투, 증오, 서운함, 불안함, 자존심 등 이름 붙여주면 그다음은 쉽다. 시기, 질투라는 이름이 붙은 관계는 피한다. 증오, 분노라는 이름이 붙으면 어떤 결정도 내리지 않고 일정 시간 동안 내버려둔다. 서운함, 불안함, 자존심이라는 이름이 붙을 땐 용기 내어 솔직해진다. 상대방에게 지금 내 마음이 어떤지 솔직하게 이야기하면 관계에 진척이 생긴다. 감정에 이름을 붙여주면 이 사람과 나의 관계에 어떤 문제가 쌓여 있었는지, 또 나의 문제는 무엇이었는지 조금 더 선명해진다.

마지막으로, 투명하게 사랑하고 정확하게 미워한다. 내가 나 자신으로 존재할 수 있도록 하는 사람은 마음을 다해 사랑한다. 어떤 기준을 벗어나 지나칠 정도로, 맹목적이라는 표현이 아깝지 않도록 아낀다. 같이 있으면 내가 소모되는 기분이 들거나 필요할 때만 나를 찾고 이용

——— 너에게 안녕

만 하는 사람과의 관계는 굳이 어정쩡하게 남겨두지 않는다. 태도나 말에 예의가 없는 사람은 비난하고 원망한다. 왠지 모를 께름칙한 느낌은 직관에 가깝고, 직관이란 우리가 살면서 쌓아온 데이터를 기반으로 하는 경고음이다. '저 사람은 너에게 상처를 줄 가능성이 있는 유형이야!' 하며 마음속 안테나가 바짝 곤두서는 것이다. 더 이상 내가 어찌할 수 없는 상황에 나를 내던지고 기어이 거절당해 속상해하고야 마는 일을 반복해서는 안 된다. 내게 주어진 시간과 에너지에는 한계가 있다.

이렇게까지 했는데도 마음의 오류가 개선되지 않을 때 내가 어떠한 노력을 하든 그와 무관하게 좋지 않은 결과로 끝나는 일들이 있음을 받아들인다. 정 힘들어서 못 참겠다 싶으면 소중한 사람들이 내어준 나만의 안전 구역으로 도망친다. 도망치는 것도 꼭 나쁜 것만은 아니니까.

우리에게는
다음이 있어

───── MBC 예능 〈나 혼자 산다〉에서, 박나래가 백양사 템플 스테이에 참여하는 모습이 나왔다. 이날 출연한 백양사 정관스님은 넷플릭스 다큐멘터리 〈The chef's table〉 시즌 3에 참여해 이미 유명할 대로 유명해진 분이기도 하다. "나는 요리사가 아니고 수행자일 뿐"이라고 말하는 정관스님은 사찰 음식의 대가로 외국의 여러 미디어에서 이미 집중 조명을 받은 바 있다. 사찰 근처의 자연에서 얻은 재료 본연의 맛을 그대로 살리는 음식이 '로컬 푸드'라는 트렌드와 잘 맞아떨어졌기 때문이기도 할 것이다.

평소에도 요리에 관심이 많고 또 실제 잘하기로도 소

문이 자자한 박나래였기 때문일까, 방송에서는 공양간에서 사찰 음식을 요리하는 모습을 주로 보여주었지만 나는 산속 깊은 곳에 머물렀던 작년 가을이 떠올랐다.

◇◇◇◇◇◇◇◇◇

작년 가을, 때늦은 태풍이 한 차례 지나간 어느 주말이었다. 나는 템플 스테이에 참가하기 위해 종로 3가 탑골공원 근처 정류장에서 7212번 버스를 타고 한 시간 정도 가면 도착하는 곳, 종로구 구기동 삼각산 깊은 자락에 위치한 금선사로 향했다.

전부터 나는 여행과 템플 스테이에 대한 로망이 있었다. '여행을 다녀오면 지금과는 다른 내가 되어 있을 거야'와 같은 환상을 품고 다녀온 여행이 대체 몇 번인가. 여행은 '지금과는 다른 나'를 발견하는 계기이기는커녕 '이토록 변함없이 찌질한 나'를 다시 한번 깨닫게 하는 계기일 뿐이었다. 템플 스테이는 좀 다를 거야, 하는 희망을 갖고 짐을 쌌다.

태풍이 지나간 지 얼마 되지 않았던지라 계곡물이 삼각산 깊은 곳 금선사 주위를 둘러싼 채 콸콸 흘러넘쳤다. 어찌나 조용한지 들리는 소리라곤 계곡물 소리, 산새 소리, 마당을 쓰는 비질 소리뿐이었다. 절복과 고무신을 받아 배정받은 방에 들어가니 벌써 도착해서 옷을 갈아입은 다른 템플 스테이 참가자 두 명이 창가에 앉아 책을 읽고 있었다. 조용히 인사하고 가볍게 통성명한 다음 각자 자기만의 시간을 보냈다. 나는 서울 시내 전경이 오롯이 내려다보이는 창밖 풍경 앞에서 아무것도 하지 않고 가만히 앉아 있었다. 잠자코 앉아 자연을 바라보는 일보다 더 중요한 것은 없을 듯한 순간이었다.

백양사에 정관스님이 있다면 금선사에는 선우스님이 있다. 까칠하면서도 유쾌한 선우스님과 함께 다른 참가자들이 한곳에 모여 자기소개를 나눴다. 자기소개를 하면서 가장 많이 나온 이야기는 "나답게 사는 것은 무엇일까"와 "회사 생활이 너무 힘들어 퇴사하고 이곳에 왔다"였다. 다들 눈시울이 빨개져서는 울먹거렸다. 대부분 나와 비슷한 또래거나 나보다 어린 친구들이었다.

"아무리 힘들어도 조금 더 버텼어야 했는데, 그러지
못하고 퇴사했다."

마치 버티지 못한 것이 죄인 양, 오롯이 제 탓인 양, 인
생의 패배자가 된 양 눈물을 흘리는 참가자들과 스님과
대화를 나누며 떠오른 생각은 딱 하나였다.

———

'우리에게는 다음이 있다. 직장 생활에도 늘 입사
와 퇴사 같은 '다음'들이 있고, 관계에도 만남과 헤
어짐 같은 '다음'들이 있다. 수많은 다음들이 언제
나 우리 주변에 도사린다. 여기서 중요한 것은 수
많은 다음들에 쫄지 말고 나다움으로 맞받아치는
것이다. 버티는 것이 약일 수도, 독일 수도 있다는
것. 버틸 수 없으면 과감하게 때려치우고, 버틸 수
있으면 악착같이 버티는 것.'

———

평범하디 평범한 깨달음이었지만 나는 대단한 진리를 깨우친 것처럼 마음이 가벼워져 발우공양 할 때도 그릇을 싹싹 비워 잔반 없이 깨끗하게 식사를 마무리했고, 108배를 드리면서는 앞으로 내가 가져야 할 삶의 태도를 반복해서 되뇌었다. 다음 날 새벽 다섯 시에는 깊고 고요한 밤을 가로지르는 타종 소리에 잠이 저절로 깼다. 평소라면 절대 일어나지 못할 시간대였는데 몸이 먼저 반응해 일어났다. 삼각산 높은 곳에 있는 너른 바위까지 올라 몸과 마음을 내려놓는 명상까지, 완벽한 템플 스테이였다.

템플 스테이 첫째 날 밤에 간단한 다과를 즐기며 책을 읽을 수 있는 작은 공간에 잠깐 들렀다. 독일, 스페인 등지에서 온 외국인들도 뒤따라 들어와 창밖을 바라보며 차를 마셨다. 때마침 서울불꽃축제 기간이라 저 멀리 보이는 여의도 위로 커다란 불꽃이 팡팡 튀었다. 빨갛고 파란 불꽃쇼에 몇몇 사람들은 사진을 찍었고 몇몇 사람들은 어깨동무를 하며 미소를 지었다.

불꽃쇼도 끝이 나고 어느새 조용해진 산사. 도시의 흔한 가로등 없이 주변은 깜깜했지만, 웬일인지 눈앞은 훤했다. 고개를 들어보니 둥근달이 노오랗게 우리를 밝혀주고 있었다.

달빛은 어느 길에나 쏟아진다. 어느 곳 하나 차별하는 법 없이 구석구석 밝힌다. 다만 당장 바로 눈앞에 놓인 일들 때문에 우리의 눈이 조금 어두워졌을 뿐 사실 내가 가고 싶었던 길의 방향은 늘 빛나고 있던 건 아닐까. 뭘 어떻게 해야 할지 모르겠을 땐 주변의 잡음 스위치를 모두 'off'해보면 어떨까. 예상했던 것보다 훨씬 더 밝은 길이 내 앞에 선명히 놓여 있을지 모를 일이다.

할머니와 살았던
1년 6개월

——— 내가 아주 어린아이였을 때의 기억. 명절을 맞아 할머니 댁에 가는 길은 스물네 시간도 넘게 걸렸다. 돈을 조금이라도 아끼고자 우리 네 가족은 좌석버스 티켓을 두 장만 끊고 아빠, 엄마 무릎 위에 나와 동생이 각각 앉았다. 만 하루가 넘는 시간 동안 칭얼거리다가 설핏 잠들었다가를 반복하다 보면 바다가 펼쳐진 어느 횟집 앞에 다다라 있었다. 이 횟집으로 말할 것 같으면 내 부모가 연인이었던 시절부터 그 앞에서 한참을 머뭇거리다가 겨우 들어가 산낙지 한 접시 시켜놓고 맛있게 오물거리다 소주 한 병을 추가할지 말지 고민하며 지갑 속 지폐 장수를 주인장 몰래 세어보고는 해사하게 웃으며 배부르니까

그만 먹자며 엉덩이 탈탈 털면서 씩씩하게 일어나던 식당이다. 그들은 나와 동생이 태어나고도 일 년에 한 번씩은 꼭 들러 산낙지 한 접시를 시켜서 먹곤 했다. 입 안에서 꿈틀거리는 낙지의 움직임에 놀라 얼굴이 빨개진 채 자지러지며 우는 나를 보며 웃겨 죽겠다는 듯 키들거리던 엄마가 아직 서른이었던 시절은 너무 찬란해서 지금 생각해도 그저 놀랍다. 그렇게 소란스레 시골집에 도착하면 팔을 걷어붙이고 흙빛 근육을 꿈틀대며 참깨를 털던 할머니가 마당에서 우리를 반갑게 맞이했다. 이제는 모두가 새파랗게 아름다웠던 때는 지나가버리고 서른 넘은 내 옆엔 젊고 사나운 기운이 다소 누그러진 부모가 참깨보다 더 조그마해진 할머니에게 안부를 묻는다.

참깨보다 작아졌지만 자식에게 폐를 끼치지 않겠다는 신념으로 여든이 훌쩍 넘은 나이에도 시골에서 홀로 위세 당당하게 지내던 할머니가, 어느 날 길을 건너다 차에 치였다. 바람이 불면 대나무 숲에서 잎사귀들이 소곤거리는 소리가 들리고 고개만 들면 푸르게 넘실대던 깊은 바다가 보이는 좁고 낡은 집에서 누구보다 넓게 살다가 자식들이 사는 도시의 고층 아파트 숲에 온 할머니는 매일 끙끙 앓았다. 다리를 절룩이며 거실과 안방만 왔다 갔다 하는 생활이 답답해 하루는 새벽녘에 욕지거리가 섞인 고성을 지르기도 했다. 나이 든 부모가 노모를 살피는 모습이 생경해서 나는 가끔 눈물이 날 것 같았다. 약자에게 잔인하고 매몰찬 사회에서 내가 어떻게 늙을 것이며, 늙은 내가 더 늙은 부모를 과연 살뜰하게 챙길 수 있을까 같은 고민으로 멍청한 표정을 짓고 있으면 어느 순간 할머니가 옆에 다가와 내 손을 쓰다듬었다. 공부하는 손이라 그런가 어쩜 이렇게 작고 보드랍냐고, 근데 여자애 손이 왜 이렇게 얼음장같이 차갑냐고 말하는 할머니 손이 따뜻해서 괜히 또 눈물이 났다. 정 많고 좋은 사람들 옆에 있으면 마음이 한없이 약해진다. 언제든 단숨에 으깨질 듯한 새하얀 두부가 된 기분이다. 일부러 나는 "그러게. 할머니 손 되게 따뜻해. 우리 엄마랑 아빠 손도 엄청 따스한데!"라며 수선을 떨었다. 할머니가 웃었다.

　아침 일곱 시에 출근한다고 나설 때마다, 야근하고 밤

열두 시가 다 되어 퇴근할 때마다 그는 거실에 앉아 꼿꼿이 기다렸다가 내가 현관문을 열고 들어오는 걸 두 눈으로 확인한 다음에야 잠을 청했다. 처음엔 일거수일투족을 감시하듯 바라보는 할머니의 시선이 부담스러웠는데 나중엔 나를 빈틈없이 돌보는 눈빛임을 알았다. 맑고 무해하다.

거동이 불편해 잘 움직이지 못하던 할머니가 겨울 즈음 우리 집에 와서 사계절을 한 번씩 겪고 또 다시 봄과 여름이 지날 무렵에는 온종일 바깥에서 이웃들과 떠들면서 막걸리도 거나하게 걸칠 정도로 기운을 회복했다. 그리고 초가을에 도시는 답답하고 공기도 안 좋아서 더 이상 못 살겠다는 말을 남기고 전라도의 작은 섬 낡고 좁은 시골집으로 훌훌 내려갔다.

할머니와 함께했던 집에 그 온기가 아직까지 남아 있는 듯하다. 이제는 눈만 봐도 안다. 깊고 푸른 바다가 담긴 눈빛, 상대를 향한 맹목적인 사랑을 품은 눈빛. 나도

　　　　　　　　　　　　　── 너에게 안녕

그런 눈빛을 가진 사람이 되고 싶다. 아무 목적 없이, 어떠한 계산이나 의도 없이 순수하고 맹목적으로 타인을 좋아하고 싶다. 나를 그런 아름다운 눈으로 바라봐주는 사람들이 있다. 정 많고 심성 고운 우리 부모와 할머니처럼. 그런 사람들이 나를 키운다.

그리고 작년에 맑고 무해한 얼굴을 하고 꼬물거리는 나의 조카가 태어났다. 아무래도 내 눈빛 또한 아주 필연적으로 계산 없는 사랑을 품게 될 것 같다.

지금 내가 할 수 있는 것을 한다.
아무래도 행복은 거기에 있는 것 같다.
그리 거창하지도 복잡하지도 않은 행복이
손 뻗으면 닿을 거리에 늘 있었다.
내가 발견하지 못했을 뿐.

나라는 사람의
레이아웃

시골에서 크게 인삼 재배를 하던 한 할아버지가 기력이 쇠해 평생 일구어온 인삼밭을 뒤엎고 그 자리에 남은 생을 보낼 집을 지었다. 당시 인삼밭 위를 열심히 날아다니던 참새들이 이곳저곳 똥을 흩뿌리고 다녔는데 미처 소화되지 못하고 참새 똥 속에 살아남은 인삼 씨앗이 동네 곳곳에 안착했다. 그리고 최근 동네 뒷산 여기저기에서 꽤 실한 인삼이 발견되고 있다는 아주 귀여운 이야기를 들었다. 에필로그에 기껏 똥 이야기나 하는 게 어쩐지 한심하지만 책을 쓰는 동안 참새 배 속에서 살아남은 생명력 넘치는 인삼 씨앗들이 계속해서 떠올랐다.

씨앗은 식물이 자기 자신을 지키고 번식을 성공시키기 위해 진화한 결과라고 한다. 작고 단단하게. 나는 내 안의 이야기가 한없이 빈약해서 힘을 잃을 때마다 참새 똥범벅으로 어딘가에 떨어져 상황과 환경에 지지 않고 어떻게든 싹을 틔워냈을 인삼 씨앗을 떠올린다. 어디선가 본 듯한 글이나 쓰고, 하나 마나 한 뻔한 이야기나 하고 있는 게 아닐까 하고 불안과 걱정이 싹을 틔워 고개를 내밀어도 책상 앞에 앉아 꿋꿋이 글을 썼다. 한 줄로 끝이 나는 날도 있고 한 쪽으로 끝이 나는 날도 있었지만 지금 내가 할 수 있는 일을 하는 것이 최선이라고 생각했다.

"인생은 디테일하게, 인간관계는 노련하게"라며 인생이라든지 관계라든지 대단히 잘 아는 척 쓰고 있지만 사실은 나 또한 여전히 나라는 사람의 레이아웃을 열심히 짜고 있는 중이다. 최적의 조건으로 진화했다는 식물 씨앗처럼 언제나 가장 최신 버전으로 나 자신을 업데이트하는 데 집중하고 싶다. 우리는 모두 씨앗이다. 더 작아지고 더 단단해진다.

"그동안의 경험을 통해 터득한 삶의 진리는 당장에 무언가를 이루려 해서는 안 된다는 것이다. 그래서는 될 턱이 없다. 죽기 살기로 덤벼들어 끝장을 보려고 뜨겁게 도전하다 보면 각자가 가진 능력과 개성, 자기 안의 힘이 크게 꽃피는 날이 반드시 온다."

_ 와타나베 이타루, 『시골빵집에서 자본론을 굽다』 중에서

눈 밝은 편집자님이 꾸준히 보내준 응원을 잊지 않는다. 곁에서 늘 따뜻하게 지지해준 가족과 김 선배, 친구들에게 감사의 말을 전한다. 덕분이다.

솔직한 척 무례했던 너에게 안녕

초판 1쇄 발행 2020년 9월 1일

지은이 솜슴쏨
발행인 이재진 **단행본사업본부장** 신동해 **편집장** 김수현
책임편집 이태화 **교정** 신혜진
마케팅 이현은 문혜원 **홍보** 최새롬
제작 정석훈
디자인 *desig* 이하나

브랜드 웅진지식하우스 **주소** 경기도 파주시 회동길 20
주문전화 02-3670-1595 **팩스** 031-949-0817
문의전화 031-956-7366(편집) 02-3670-1024(마케팅)

홈페이지 www.wjbooks.co.kr
페이스북 www.facebook.com/wjbook
포스트 post.naver.com/wj_booking

발행처 (주)웅진씽크빅
출판신고 1980년 3월 29일 제406-2007-000046호

ISBN 978-89-01-24483-9 03810